KB010459

누군가의 **특별함**을 **알**아보는 일

초판 인쇄   2023년 5월 22일
초판 발행   2023년 5월 29일

지 은 이   이예람
그 린 이   백대기
펴 낸 이   김재광
펴 낸 곳   솔과학
등 록   제10-140호 1997년 2월 22일
주 소   서울특별시 마포구 독막로 295번지 302호(염리동 삼부골든타워)
전 화   02-714-8655
팩 스   02-711-4656
E-mail   solkwahak@hanmail.net

I S B N   979-11-92404-42-4 (03810)

값 19,000원

※ 본 도서는 카카오임팩트의 출간 지원금을 받아 만들어졌습니다.

누 NU 특 TU 알 GAL

누군가의 특별함을 알아보는 일

글 이예람 | 그림 백대기

솔과학

서문

자신이 사랑하는 사람들을 특별한 눈으로 바라보는 모모의 눈을 닮고 싶다

그동안 난 '쓰는 인간'이라기보단 '읽는 인간'에 가까웠다. 어린 시절부터 도서관을 들락날락하며 책 고르기를 반복했었다. 게임이나 운동 등 아이들이 즐겼던 재미난 놀이들에 서툴렀던 난 가만히 앉아서 책을 읽는 게 더 좋았다.

책장에서 우두커니 서서 책 제목을 들여다보다 마음에 드는 책을 발견하면 그야말로 나만의 보물을 찾은 기분이었다. 그럴 때면 마음이 한껏 부풀어 올랐다. 공을 들여 고른 책들을 살펴보는 일은 항상 나에겐 큰 즐거움이었다. 작가들의 이야기 세계에 사정없이 빠져들곤 했었다. 그렇게 '읽는 인간'으로 삼십여 년을 살아왔다.

코로나가 터지고 집에 머무는 시간이 많아진 몇 년 동안 무언가 해보아야겠다는 생각이 들었다. 나만이 할 수 있는 것들을 찾게 되었고 그 계기로 브런치에 글을 써 내려가기 시작했다. 본격 이야기를 쓰는 인간이 된 것이다.

이 글들을 쓰는 과정은 나에게 매우 즐거운 일이었다. 나에 대해서 쓰자면 쓸 말이 쉽게 떠오르진 않았다. 자판 앞에서 멍하게 흰 배경만 바라보기 일쑤였다.

그런데 내 주변 사람에 대해 쓰는 건 재미있었다. 나와 그들만의 내밀한 경험들을 떠올리며 키득거렸고 나만 알고 있는 그들의 멋진 점을 소개할 수 있어서 기뻤다.

이 경험들이야말로 나만 가진 유일한 것들이었다. 나만이 쓸 수 있는 기록이었다. 언젠가 '기록하지 않으면 그 경험은 존재하지 않았던 것과 마찬가지'라는 문구를 본 적 있었다. 내가 그들을 나의 기록 속에서 영원히 살게 하고 싶었다.

나는 살아오면서 이 글에 등장하는 나의 많은 스승들에게 여러 가지 것들을 배웠다. 그들은 나에겐 작은 영웅들이었다. 사실은 더 멋진 사람들인데 나의 서툰 표현으로는 그들의 특별함을 다 담아내기가 어려웠다. 이 글을 빌어 그들에게 감사하다는 말을 전하고 싶다.

그리고 이 글들을 세상에 내보낼 수 있어서 기쁘다. 시트콤처럼 가볍고 즐겁게 읽을 수 있는 글을 쓰고 싶었다. 처음 '쓰는 인간'이 되어 서투르게 써 내려간 글이다. 미약한 글을 알아봐 주신 출판사 분들, 출판의 기회를 주신 브런치 관계자분께도 감사드린다.

마지막으로 이 글의 주인공이신 나의 아름다운 영웅들, 특히 내가 가장 사랑하는 어머니, 살아계신 내내 나의 가장 큰 버팀목이셨던 아버지께 이 글을 바치고 싶다. 내가 이룬 모든 것은 다 그분들 덕분이다. 그리고 나의 소소한 에피소드들을 정성스럽게 읽어주시는 모든 독자분들께도 감사드린다.

2022. 12.

이예람

프롤로그

글을 써보자아아아아
– 글을 써보아야겠다는 결심을 했다

집에서 며칠을 앉았다, 누웠다, 뒹굴었다가 조금은 다르게 살아야겠다는 생각을 했다. 조금은 생산적인 일을 해볼까 하는 마음이 들었다. 하루가 다르게 떨어지는 주식과 계속 째려봐도 살 수 없는 아파트 가격은 나로 하여금 가만히만 있지만 말고 뭐라도 좀 해보라고 말하는 듯했다. 그래서 내가 뭘 할 수 있을까 생각을 했다. 뒹굴거리는 것이 취미이자 특기인 내가 도대체 뭘 해야 세상은 나에게 돈을 준단 말인가.

요새 다들 한다는 유튜브를 생각해보았다. 유튜브에 나오는 사람처럼 내 일상을 찍어볼까.

그런데 딱히 사람들이 별다를 것 없는 그런 일상을 보고 있어줄 것 같지도 않았고, 슈퍼 쭈구리인 나는 그걸 누군가에게 공개할 용기도 없다. 내 직업과 관련된 유튜브를 찍어야 하나 생각했지만 그것도 쉽지 않을 것 같다. 그렇다면 내가 책을 좋아하니까 책과 관련된 북튜브를 할까 하는 생각도 해보았다.

그것도 조금 끄적거리다가 한켠에 넣어두었다. 가장 큰 문제는 동영상 편집을 할 줄 모른다는 것이다. 털썩. 도대체 뭘 해야 된단 말인가. 30년을 살아왔는데 왜 나에겐 이렇다하게 내놓을 만한 무언가가 없을까. 유튜브를 보니까 다들 뭔가 한 개씩은 있던데...

생산적인 일을 해야겠다는 생각은 했지만 무엇을, 어떻게 해야 할지 모르겠다. 그렇게 며칠을 침대에 누워서 끔뻑거렸다. 그래. 글을 써보자. 돈이 되지는 않더라도 내가 할 수 있는 일이지 않을까. 그렇게 조금씩 무언가를 쓰면 내 나름의 콘텐츠가 되지 않을까. 글을 정말 조금씩만 써보자. 그런 마음이 딱 들었을 때 딱 컴퓨터 앞에 앉아서 이 글을 쓰게 되었다.

목차

누특알 1

나와 너
그리고 삶을 사랑하는
새로운 패러다임

누특알 2

나와 너
그리고 삶을 이해하는
새로운 칭찬의 패러다임

누특알 3

바람 같은 사람의
마음을 머물게 하는
인간관계의 패러다임

너가
내게 다가와
꽃이 되는 패러다임

나와 너
그리고 삶을 사랑하는
새로운 패러다임

1화

첫 번째
타자는 엄마다

본격
엄마 칭찬
글쓰기

곱창밴드
유행의 선두주자

레이어드
패션에
능함

주머니에
그래나 집착

나는 글을 쓰기로 결심을 하고, 내가 가지지 못한 능력을 가진 다른 이들에 대해 써보기로 했다. 첫 번째로 엄마를 선택한 건 당연한 선택이었다. 그녀가 가진 장점을 가장 잘 아는 사람이 나일 테니까!

일단 그녀는 누구보다 현명하다.

그녀를 현명하다고 생각하는 첫 번째 이유는 자신의 선택을 정답으로 만든다는 점이다. 엄마는 쇼핑왕이다. 백화점이나 할인마트, 보세 옷가게 등 어떤 장소에 가면 3초 안에 자신이 원하는 물건을 골라내는 능력을 가지고 있다. 아빠와 나는 엄마랑 쇼핑을 갈 때마다 조금은 두려운 마음이 앞선다. 내 지

갑이 언제 자연스럽게 털릴지 모를 일이기 때문이다. 그 과정은 아주 자연스럽다. 내가 내 물건을 고르는 동안 그녀는 매의 눈으로 빠르게 자신의 물건을 고른다. 내가 물건을 골라서 계산하려는 순간 엄마는 내 옆에 다가와 물건을 슬며시 내민다. 계산을 거부할 수 없을 만한 것들을 골라오기 때문에 이를 거절하는 일은 애매하다. 그렇게 그녀는 자신의 물건을 득템한다. 그 과정이 물 흐르듯이 매우 자연스럽다. 그 과정은 빨라도 너무 빠르다. 그래도 엄마는 선택에 후회하는 법이 없다. 그것이 놀라운 점이다.

나는 신중하게 물건을 골랐다고 생각하고 구매하였다가 항상 뒤돌아보며 '다른 걸 살걸' 하고 후회하는 경우가 많다. 그런 것들은 물건을 구매하고도 마음을 찝찝하게 만든다. 하지만 엄마를 보면 자신의 안목을 믿고 자신이 선택한 것을 최고의 선택으로 믿고 즐긴다. 작은 물건 하나도 그렇지만, 집처럼 큰 선택도 마찬가지다. 자기가 가지게 된 물건의 장점을 잘 찾아내는 편이다. 그런 모습이 매우 행복해 보인다. 작은 것에서 행복을 찾아내는 여자다.

그녀가 현명하다고 생각하는 두 번째 이유는 주변을 행복하게 만드는 능력을 가지고 있기 때문이다. 엄마는 삼십여 년간 결혼 생활 동안 아빠와의 이혼을 종종 생각해왔다. 내 나이때의 엄마는 결혼에 대해서 조급한 생각을 가지고 있지 않았다고 한다. 당시 여성들이 20대 초반이나 중반 정도에 결혼한 점을 살펴보면 엄마는 서른이 가까운 나이에도 결혼을 선택하지 않고 있었으니 특이하다고도 할 수 있겠다. 그러니 외할머니 마음은 답답했을 것이다. 외할머니는 그런 엄마를 시집보내고 싶었고, 성실해 보이는 아빠를 골라서 결혼시켰다. 엄마는 자신이 선택한 것은 후회하지 않는 성격이지만 아빠와의 결혼은 온전한 자신의 선택이 아니었기 때문에 이 남자에게서 벗어나야겠다는 생각을 꽤 자주 해왔던 것 같다. 하지만 오빠와 내가 태어나고 주변 여건이 갖춰지지 않아 그 시도를 하지는 못했다. 아빠가 그렇게 좋거나 자신을 행복하게 만들어주는 사람이 아니지만 엄마는 그 안에서 행복을 만들려고 시도했다.

마음이 잘 맞아서 시작한 결혼은 아니지만 그와 나름의 관계를 맺어보려고 부단히 노력했다. 그의 건강을 위해 함께 산에 다니고 (엄마가 꿈꾸는 건 산에서 함께 이야기하고 거니는 것이지만 아빠는 혼자 멀리 가버리는 남자다.) 매일 토마토 주스를 갈아주고 주말마다 그와 화투를 쳐가며 그와의 관계를 긍정적으로 만들어보려고 노력했다. 그리고 그 노력 끝에 사랑이라고는 하기 어렵지만 둘만의 알 수 없는 관계가 형성되었다. 애증의 절친이랄까. 그런 모습이 멋지다고 생각한다. 자신이 원하는 환경이 아니지만 그녀는 그것을 스스로 바꾸어보려고 애쓰는 사람이다.

세 번째 이유는 그냥 현명하기 때문이다. 지식과 같은 측면이 아니더라도 무언가 풀리지 않을 때 "엄마"라고 하며 찾아가면 항상 해결책을 내어놓는다. 나는 이 늙은 나이에도 고민이 있거나 안 되는 것이 있을 때마다 그녀를 찾아간다. 그러면 그녀는 늘 그랬듯 간단하면서도 단순하게 해결책을 준다.

또 어떤 혹독한 환경에 처하든 그 환경에 적응해낸다. 그런 모습은 엄마와의 여행에서 가장 잘 드러난다. 나는 엄마랑 여행을 많이 다니는 편이다. 일 년에 한 번씩은 엄마와 해외여행을 다녔는데 이런 이야기를 주변 사람들이 들으면 놀라기도 한다. 어쨌든 엄마랑 해외여행을 가면 어떤 상황도 극복해내는 엄마의 모습을 잘 볼 수 있다.

한번은 엄마와 스페인에 놀러 갔을 때 마드리드의 한 에어비앤비를 예약했었다. 마드리드의 숙소에 도착하자 60대 정도의 아저씨가 우리를 맞아줬고 아저씨는 집에 대해 소개해 주었다. 그런데 아저씨가 집을 소개해 주고는 자기 집에 가지 않는 것이었다. 자기는 저 방을 쓸 테니 너네는 이 방을 쓰라고 하면서 자기 방으로 들어갔다. 나는 아파트 전체가 아니라 아파트 중 한 방을 예약한 것이다.

우리는 너무 놀랐다. 사람이 많은 숙소도 아니고 그 아저씨와 우리 둘만 이 집에 있다니... 당혹스러웠다. 당시 20대였던 나 역시도 조금 놀랐는데 (물론 아저씨는 파워 에어비앤비 주인이었고 친절하신 분이었다. 아! 그리고 나중에 아저씨는 게이라고 자기를 소개했기 때문에 나는 조금은 안심하게 되었다. 하지만 엄마는 그걸 더 무서워했다.) 엄마는 매우 당혹스러워했다. 아저씨와 셋이 있는 집에서 잠도 자고 샤워도 하고 모든 생활을 해야 한다니 여러모로 충격을 받은 듯했다. 첫날에는 부엌에서 칼을 몰래 들고 와 자기 머리맡에 두고 자면서 자기는 딸을 지켜야 하니까 잠을 자지 않겠다고 했다. 물론, 내가 자다가 눈을 떠보니 코를 골고 주무시고 계시긴 했다. 그랬었지만 나중에는 나름의 질서를 만들어가기 시작했다. 샤워할 때는 문을 이렇게 잠그자, 잠을 잘 때는 방고리를 이렇게 하자 등등 자신만의 생존 룰을 만들어냈다.

내가 한겨울에 난방이 전혀 되지 않는 에어비앤비를 예약했을 때도 그랬다. 엄마는 집 안에 자신이 생각할 수 있는 모든 전열 기구를 이용하여 따뜻한 집을 만들어냈다. 심지어는 하루 종일 물을 끓여 집에 모든 전기가 나가기도 했다. 어쨌거나 그런 모습들을 보면서 엄마는 자기가 위험하다고 생각하는 환경에서도 이렇게 적응해 내는구나라고 생각하게 되었다. 적응력도 왕이다. 그런 모습이야말로 진짜 현명한 사람 아닌가.

아무튼 이러저러한 이유로 엄마는 내가 좋아하는 면들을 많이 가진 여자이다. 한 번의 글로 다 써내기가 어려울 정도로 말이다. 어렸을 때는 엄마는 엄마였지만 지금은 엄마가 엄마이기도 하지만 내가 제일 좋아하는 여자이면서 제일 친한 친구이다. 그래서 엄마는 나보고 딸을 낳으라면서 친구처럼 지낼 수 있어서 너무 좋다고 이야기한다. (그거와 그거는 다른 문제라고 생각하지만.)

어쨌거나 코로나19로 인해 엄마랑 매일 같이 밥 먹고 집에서 낄낄대는 요즘이야말로 그녀의 장점을 많이 배울 수 있는 시기이다. 좋다.

내가
꼰대라고?!!!

본격
엄마 칭찬하기
두 번째

내가 사회생활을 하면서 곰곰이 생각해보고 있는 것이 있다. 그건 바로 꼰대가 되지 않는 법이다. 학생 때는 만나는 사람이 한정적이었다. 친한 사람들과의 만남이 잦았기 때문에 인간관계로 어려운 점은 많이 없었다. 하지만 사회생활을 하다 보니 참 다양한 사람을 만난다. 이런 사람, 저런 사람, 사고를 종잡을 수 없는 사람도 많았다. 그래서 늘 인간관계가 어려웠다. 좋은 사람을 정말 많이 만났지만 직장 내 '빌런'들도 종종 만났다. 그들의 이름은 바로 꼰대!!

소위 꼰대라 불리던 그들과의 대화는 늘 답답했다. 내 의견을 이야기하면 호통으로 돌아왔고, 대화는 도돌이표였다. 아무리 의견을 이야기해도 답은 정해져 있었다. 이런저런 막말을 일삼았으며, 나이를 방패로 모든 대화를 이끌어나갔다. 그래서 그들은 나에게 아득하게 머나먼 존재라 생각했다. 그저 피하고 싶은 존재 정도로만 생각했다. 내가 꼰대가 될 거라는 생각은 해본 적이 없었다. 그냥 꼰대들에게 당하지 않는 방법만 생각했을 뿐이다.

하지만 나는 어느새 서른이 넘었다. 정말 눈 깜짝할 사이의 일이었다. 나는 서른이라는 나이 자체에는 크게 의미를 부여하진 않았지만 상황이 달라졌다는 생각은 했다. 내 주변에 후배가 생겨나기 시작했고, 나보다 어린 사람들이 나를 선배로 생각하며 어려워했다. 나로서는 당황스러운 일이다. 내가 어려운 사람도 아닌데 나를 어려워한다고? 나는 그냥 이십 대랑 비슷한 사고를 아직 가지고 있는데? 내가 어렵다고? 그러면서 나도 후배들이 어려워지기 시작했다. 후배들을 어떻게 대해야 할지가 숙제였다. 내가 후배에게 꼰대처럼 굴고 있진 않을까? 그런 생각이 들었다.

하루는 남자 친구랑 앉아서 '꼰대란 누구인가'에 대해서 이야기를 했다. 우리는 먼저 꼰대가 갖추어야 할 덕목에 대해 의견을 나누어보았다.

"일단 내가 만난 '꼰대'들은 대화가 통하지 않는 것 같아. 그들은 자신의 의견이 아주 뚜렷해. 그래서 다른 사람이 다른 의견을 낼 수 있다고 생각하지 않잖아. 자신의 의견과 다른 의견이 나왔을 때 간단하게 묵살해버리고. "내가 해봐서 아는데?", "나 때(Latte)는 말(horse)이야", "해보기나 했어?" 등을 이용해서 말이야. 그리고는 자신의 기준을 강요해."

"또 뭐가 있을까?"

"아 그리고 굉장히 서열을 중시 여겨. 대화에서 무언가 풀리지 않으면 "너 몇 살이야"부터 시작해서 "어린놈이 말이야"로 대화가 이어져버려. 그리고 어떤 꼰대는 사생활에 관심이 많아. 남의 사생활에 대해 이러쿵저러쿵 간섭을 많이 하잖아. 누군가는 다른 삶을 살 수 있다는 생각을 하지 않나 봐. "취업은?", "결혼은?", "아기는?", "둘째는?" 등 자신이 생각하는 보편적인 삶의 절차를 다른 이들도 다 겪어야 된다는 생각을 하는 것 같아."

"그런데 꼰대라는 것도 너무 뭉뚱그려 비판하는 거 아닌가?

그렇게 보는 것도 사람들을 범주화시킨 고정관념 아니야?"

"그래. 그것도 내 편견일 수 있겠다."

남자 친구랑 이런 이야기를 나누면서 낄낄거리다가 '과연 나는 어떤가'에 대해 고민해보게 되었다. 나도 어른을 만나면 인사를 해야지, 이럴 땐 이런 대답을 해야지 등등 나만의 도덕적 기준을 세워 다른 사람을 쉽게 비난하기도 했던 것 같다. 답을 정해놓고 다른 사람을 대하는 태도가 나도 모르게 생겼나 보다. 그런 여러 생각이 들면서 "방심하면 꼰대가 되겠다!!!"라는 생각이 들어 정신을 바짝 차리게 되었다. 나랑은 거리가 먼 일이라고만 생각했는데, "아!! 이거 주의하지 않으면 위험하겠다" 하며 내 머릿속 적색경보가 울렸다.

그럴 때 엄마를 떠올린다. 엄마는 나와 30살 정도의 차이가 난다. 하지만 엄마랑 대화할 때 30년의 격차는 크게 느껴지지 않는다. 어떤 사람과의 대화는 불과 대여섯 살 차이인데도 그 나이가 크게 느껴질 때도 있는데 엄마와의 대화는 30년이라는 세월이 무색하게 친구와 이야기하는 것처럼 편하다. 그건 엄마와 나의 관계이어서도 그렇겠지만 엄마가 굉장히 권위적이지 않은 사람이고 생각이 유연하기 때문일 것이다.

내가 엄마와 대화 중에 불편한 점이 있어 엄마한테 "이런 점이 불편해, 그렇게 안 했으면 좋겠어"라고 이야기하면 엄마는 "그래? 내가 너한테 그렇게 행동한 건 이래서야."라고 대화를 이어준다. 당연한 대화처럼 느껴지기도 하지만 생각해보면 어른으로서 그렇게 응하기는 쉽지 않을 것 같다. 나는 엄마에게는 한참 어린 사람이고 아랫사람일 것이다. 핏덩이만 한 존재가 자신의 행동에 대해 이러쿵저러쿵 이야기했을 때 받아들이기는 쉽지 않은 일이지 싶다. 괘씸하기도 하고 네가 뭘 알아? 하는 마음이 불쑥 올라 올 수도 있다. 하지만 엄마가 그렇게 반응하는 건 나를 단순히 어린 사람으로 생각하지 않고 하나의 인격체로 존중하기 때문이라고 생각한다. 엄마는 내가 아주 어렸을 때부터 어떤 주제로 대화를 할 때도 나이로 눌러버리는 일은 없었다.

재미있게도 엄마가 60대의 나이답지 않게 생각이 유연한 방면은 또 따로 있다. 성적인 부분에서 특히나 그렇다. 엉뚱하게 개방적이다. 요즘 엄마는 내가 어디 놀러 가면 누구랑 가는지 어디를 가는지를 묻지를 않는다. 하루는 궁금해서 "엄마 내가 어디 놀러 가는지 왜 안 물어봐?"라고 물었다. 그러자 엄마 왈 "네가 지금 집에 뒹굴고 있을 나이니? 나가서 집에 안 들어오고 놀 나이지."라며 한마디로 일축했다. (사실 내가 집에 많이 누워 있긴 하다.)

또 친구가 임신해서 임신 선물을 사려고 엄마한테 물었다. "엄마 집 근처에 아기용품 집 어디 있어?" 그랬더니, 엄마는 뜬금없이 "너 아기 가졌니? 솔직하게 말해라. 엄마가 도와줄게"라며 나의 입을 틀어막게 했다. 왜 생각이 그렇게 흘러가냐고... (참고로 엄마는 딱히 내가 결혼하기를 바라거나, 아기를 갖기를 애타게 소망하는 사람은 아니다. 다만, 내가 임신하는 일이 있을 수도 있음을 고려하고 있는 거겠지.) 이런 이야기를 친구들한테 하면 친구들은 "어떻게 그러실 수 있지? 범상치 않다"며 감탄한다. 나도 엄마처럼 반응하는 60대는 엄마가 처음이다.

그래서 엄마한테 물었다. "어떻게 그렇게 생각하게 됐어? 원래 그렇게 개방적인 사람은 아니었던 것 같은데" 그랬더니 "네가 스무 살 때 대학 가서 자취하더니 "엄마 요즘은 동거하고 결혼하기도 한대! 나도 그런 방식 나쁘지 않아!" 이렇게 이야기 하더라. 그때 내가 좀 놀랐는데, 생각해보니 요즘 애들 생각은 다를 수도 있겠다는 생각이 들었어. 그때부터 내가 고정관념을 버렸지 뭐야." 하고 웃으면서 말했다.

그거였다. 누군가는 다를 수 있다는 걸 인정하는 것, 그게 바로 꼰대가 되지 않는 핵심 키워드인 것 같다.

마냥 어리기만 하지 않은 나이가 되면서 점점 어른답게 행동해야지라는 생각이 들곤 한다. 어른은 뭐지? 어떻게 나이를 먹어야 할까?에 대해 부쩍 생각하게 되는 요즘이다. 어른으로서 가장 갖추고 싶은 덕목은 생각의 유연함이다. "그렇게 생각할 수도 있겠다." "네 생각은 그러니?"를 할 수 있는 사람이 되고 싶다. 후배든 선배든 대화 상대가 그 누구가 되었든 간에 똑같이, 상대의 의견을 들을 준비가 되어있고 그 의견을 그 자체로 인정해 줄 수 있는 사람이면 되지 않을까.

요즘도 엄마는 내가 남자 친구를 만나러 쌩얼로 나가면 "야, 그렇게 하고 나가면 집에 일찍 들어오겠다!!"라며 낄낄댄다.

3화

엄마는
인간 내비게이션

본격
엄마 칭찬하기
세 번째

나는 길을 잘 못 찾는 사람이다. 운전을 하고 다니지만 내비게이션이 필수이다. 가끔 내비게이션이 작동하지 않으면 패닉 상태가 되어버린다. 슬프게도 내비게이션 없이는 어디도 갈 수 없는 사람인 거다. 내가 왜 이렇게 길치일까에 대해 생각해보았다. 일단 길을 잘 외우지 못한다. 길을 잘 못 외우는 것도 문제겠거니와 길을 보는 눈도 없는 것 같다. 커다란 건물들이 있어 그 길이라는 것을 알지 그 길의 형태에 대해 잘 인지하지 못한다. 같은 길이라도 어떤 방향을 향해 서있는가에 따라 그 길이 다르게 보인다.

하루는 내가 아는 길이라고 생각해서 자신있게 운전하고 가고 있다가 갑자기 머리가 멍해졌다. 순간 '여기가 어디지?' '이 길 뭐지?' 머리가 새하얘졌다. 다행히 신호에 걸려서 내비게이션으로 검색해 다시 가던 길을 갈 수 있었지만 나 스스로도 황당했다. 알던 길인데 방향에 따라 갑자기 그 길이 다르게 보여서 순간 패닉이 온 거다. '나 이거 정상이야?'

나의 이런 모습을 보며 혀를 차는 사람이 있었으니, 그 사람은 엄마다. 엄마는 나와 달리 길 찾기의 고수이다. 일단 엄마는 한 번 간 길은 바로 외울 수 있다. 정말 신기했던 건 엄마와 여행을 가서였다. 엄마와 스페인을 가건, 스위스를 가건, 이탈리아를 가건 엄마랑 걸어 다니면 엄마는 그 길을 다 외워버렸다.

우리의 여행법은 이렇다. 처음에는 내가 구글 맵을 보고 목적지를 향해 걸어간다. 그다음부터는 엄마와 발길 닿는 대로 목적지 주변을 걸어 다녀본다. 그렇게 그 주변의 여러 골목을 걷다 보면 엄마는 그 길의 구조를 다 알아차린다. 그때부터는 아주 편하다. 처음 한 번만 지도를 보고 다니면 그 뒤부터는 엄마만 따라다니면 어느새 목적지에 도착해있다.

사실 여행에서 지도를 보고 다닐 때면 주변 풍경을 잘 보지 못한다. 길을 놓치면 안 되니까 거의 폰에서 눈을 떼지 못하고 걸어가게 된다. 특히 치안이 안 좋은 도시에서 돌아다닐 때는 더 그렇다. 하지만 내가 딱 한 번 엄마에게 길을 알려드리고 나면, 그때부터는 나의 관광이 시작된다. 손 주머니에 딱 집어넣고, 주변 사람들도 보고 풍경도 보고, 그야말로 여행의 시작인 거다.

또 엄마의 길 찾기 특징을 생각해보자면 새로운 길을 가는 것에 두려움이 없다. 나는 주로 목적지를 향해서 간다고 생각하면 딱 정해진 길로 가는 편이다. 지도에서 알려준 그 길대로, 아니면 처음 그 목적지에 찾아가게 된 경로 대로만 간다. 어릴 때에 학교를 가거나 학원을 갈 때도 딱 정해진 대로 갔다. 그 길들을 아마 수십 번은 넘게 갔을 건데도 그걸 다르게 가봐야겠다고는 생각하지 못했던 것 같다. 이렇게 쓰고 보니 되게 바보 같아서 부끄럽긴 하지만 내가 그렇다.

그런데 엄마는 매번 가는 길로 다니는 걸 좋아하지 않으신다. 재미가 없다나. 엄마랑 동네에 시장을 보러 가거나 놀러 다닐 때면 엄마는 이리저리 돌아서(이건 내 관점이겠지만) 다른 길로 간다. 내 눈엔 목적지가 바로 저 앞인데 엄마는 돌아서 가기 때문에 나는 옆에서 줄곧 구시렁거리곤 한다.

"왜 5분만 하면 가는 길을 돌러서 10분 만에 가냐고오오오"

"재밌잖아. 동네 구경도 하고."

얼마 전에는 엄마랑 다른 동네로 산책을 갔다. 나는 배가 고팠기 때문에 음식점이 많은 방향으로 가고 싶었다. 그런데 내가 가고 싶은 방향에는 큰 건물이 세워져 있고 그 뒤편에는 동산이 있어 그 방향으로 쉽게 가기 어렵게 되어있었다. 그러자 엄마는 내가 가고 싶었던 방향의 반대편으로 향하더니 뒤쪽으로 향하는 길이 있을지도 모른다며 길을 나섰다. 나는 그 방향이 아닌 것 같다며 끊임없이 구시렁거리며 뒤따라갔다. 뒤따라가 보았지만 내가 가고 싶은 방향으로 가는 길은 나오지 않았다. 대신 작은 예쁜 호수가 나왔다. 또 조금 더 가보니 내가 그전에 가볼까 생각한 적 있었던 맛집도 짜잔 하고 등장했다.

우리는 사실 음식점을 찾아 걷고 있었기 때문에 내가 가고 싶던 방향으로 갈 필요가 없어졌다. 당연히 그 맛집으로 들어갔고 그 집 깻잎전과 고추튀김의 맛이 죽였다. 내가 원하는 대로는 가지 못했지만 우리는 반대 방향에서 새로운 기쁨을 찾게 되었다. 엄마는 씩 웃으며 말했다.

"거봐. 꼭 정해진대로 갈 필요 없지?"

어쩌면 난 살아가는 것에 정답이 있다고 생각했던 것 같다. 삶은 다양한 거라고 머릿속으론 이해했지만 그런 사실은 다른 사람들에게만 적용했고 정작 나 스스로에게는 정답을 강요해왔다. 정해진 수순에 따라 행동하는 게 편했고 사람들이 정답이라고 이야기하는 것들에는 이유가 있다고 믿었다. 그래서 나에게는 혹독한 잣대를 제시해왔던 것 같다. 나는 정답을 찾아가고 싶다고. 많은 길 중에 최선의 길을 선택하고 싶다고.

그날 엄마와의 산책은 사소했지만 나에게 울림이 있었다.

"꼭 정답대로 할 필요 없어. 힘을 조금 풀고 살아봐. 조금 돌아가도 별일 없잖아. 다 괜찮잖아."

4화

이 구역의
패션왕

본격
엄마 칭찬하기
네 번째

무채색
인간

꽂히는 대로
입는 놈

이 구역의
패션왕

패션 만은
마누라 뜻대로 파

우리 가족이 옷을 입는 방식은 각자의 성격만큼이나 다르다. 우리는 가족이지만 성격은 너무나도 다른데 옷으로 자신을 드러내는 방식 또한 다르다. 얼굴은 다 비슷하게 생겨서 옷은 각양각색으로 입은 모습들이 재미가 있다.

우선 나로 말하자면 좀 깔끔하게 입는 것을 좋아하는 타입이다. 기본템을 좋아하고 옷장을 열어보면 무채색의 향연이다. 흰색, 회색 그리고 검은색. 뭘 입을지 모를 때 항상 답은 검은색이라고 생각하는 편이다. 검은색 옷을 입으면 깔끔하면서 세련된 느낌이 들어서 좋다.

가장 많이 사는 옷으로 말할 것 같으면 검은색 슬랙스이다. 검은색 슬랙스는 다 똑같이 생긴 것 같아도 어떤 건 나를 예쁘게 보이게 만들고, 어떤 건 나를 굉장히 부풀어 보이게 만들어서 내 마음에 꼭 드는 것을 찾기가 어렵다. 아직도 나만의 검은색 슬랙스를 찾기 위해 고군분투 중이다. 택배는 꾸준히 우리 집 문을 두들기지만 성공하는 일이 드물어 아직 서랍 속에는 검정 슬랙스가 가득 차 있다.

그리고 아빠를 살펴보자면 아빠는 '마누라 뜻대로' 타입이다. 아빠는 집 밖의 누군가가 자신의 패션에 대해 논하는 건 크게 신경 쓰지 않지만 엄마의 의견에는 크게 동요하는 타입이다. 엄마는 아빠가 어떤 옷을 입느냐에 따라서 아빠와 외출할지 여부를 정하곤 한다. 아빠가 요상하게 입기만 하면 "그렇게 입으면 같이 안 나갈 거야."라고 귀여운 불호령을 내리시기 때문에 아빠는 늘 외출 전에 엄마 앞에 가서 자신의 패션을 확인받으신다. 엄마가 "진짜 이상해."라고 말하시기만 하면 아빠는 평소답지 않게 순순히 방으로 들어가서 옷을 갈아입고 오신다. 그러고는 "이거는 괜찮지?" 소심하게 물으신다. 엄마가 끄덕거리며 허가를 내리시면 둘은 함께 외출 준비를 하신다. 평소 아빠는 엄마 말을 순순히 말을 잘 듣는 타입은 아니다. 엄마가 말하면 구시렁거리시거나 반대로 행동하시기 일쑤인데 왜인진 모르겠지만 패션 쪽으로는 굉장히 순순히 말을 따르신다. 또 그 모습이 왠지 모르게 재미있어서 지켜보며 웃곤 한다.

다음 오빠를 살펴보면 오빠는 '꽂히는 대로' 타입이다. 오빠는 주로 한 번에 한 가지에 꽂히는 타입이다. 축구에 꽂혔을 때는 자기가 좋아하는 팀의 유니폼을 종류대로 다 사서 입고 다녔다. 여름에는 반팔 유니폼 티셔츠를, 봄과 가을에는 팀을 스폰해주는 브랜드의 저지를, 겨울에는 그 팀의 패딩을 사 입었다. 나는 그 모습을 보면서 '저렇게까지 할 일인가' 싶었지만 그것들을 사들이는 모습이 즐거워 보여 잔소리를 다시 입 안으로 집어넣었다.

오빠는 요즘은 신발에 꽂혀있다. 농구에 흠뻑 빠지더니 농구화를 사 신기 시작했다. 슬램덩크에 나오는 빨간색과 검은색이 조합된 농구화부터 시작하더니 스트리트 브랜드와 콜라보한 신발들을 사들였다. 입이 벌어질 만한 금액들의 신발들을 사기도 하고 희소한 신발을 사기 위해 줄을 서기도 한다. 그렇게 산 신발들은 되팔면 오히려 돈이 된다나? 그런데 얼떨결에 이득을 보는 사람은 내가 되었다. 오빠는 발이 다른 남자들에

비해 작은 편이다. 그래서 오빠가 새 신발을 샀다가 마음에 들지 않거나 사이즈가 작아 안 맞는 게 있으면 나에게 주곤 했다. 오빠의 플렉스(flex: 돈을 쓰며 과시할 때 쓰는 신조어)의 수혜자가 된 나는 새 신을 신고 폴짝거리곤 했는데 얼마 전엔 오빠가 자신의 인생템을 찾았다며 그 신발에 정착했다고 말했다. 선물 중단 선언이다. 아. 이렇게 나의 공짜 득템은 끝이 나게 되는 것인가. 그래서 난 오빠가 또 다른 아이템에 꽂히기를 기다리고 있다.

그리고 이 구역의 패션왕은 뭐니 뭐니 해도 우리 엄마다. 엄마는 자신만의 패션 세계가 아주 뚜렷하신 분이다. 화려한 듯하면서 수수하고 눈에 띄는 듯하면서도 자연스럽다. 내 친구들도 엄마를 만나면 '와 어머니 패션 짱이시다.' 이런 말을 가끔씩 하곤 한다. 나도 엄마의 패션에는 엄마 동년배들과 뭔가 다른 특별한 점이 있다고 생각한다.

엄마 패션의 지론을 말하자면, 첫 번째론 '내가 못 입는 옷은 없다.'이다. 엄마는 패션에 대해서는 뭔지 모를 자신감으로 가득 차 있으시다. 내가 안 입는 옷이 있어서 "엄마, 이거 입을

래?" 이렇게 물어보면 엄마는 "그래, 난 다 입는다. 줘봐." 이렇게 말하신다. 어떤 옷을 드려도 마찬가지이다. 자기는 어떤 옷이든 소화할 수 있다고 말씀하신다. 근데 좀 기묘한 것이, 내가 이상하다고 생각해서 엄마한테 드린 옷을 엄마가 입으면 내가 생각했던 그 옷의 단점은 사라져 버리고 자연스럽게 엄마의 옷이 되어있다. 그래서 이상해서 다시 내가 뺏어서 입어보면 다시 이상한 옷이다. 왜인지 씁쓸하지만 그녀의 소화력이 남다르기 때문이겠지.

엄마는 어려서부터 자신의 동생들의 미모가 너무 뛰어나서 자신이 승부할 방법은 패션밖에 없다고 생각했단다. '너네는 예쁘지만 나는 어떤 옷이든지 다 소화해'라는 게 어렸을 때부터 지금까지 엄마의 자부심이랬다.

두 번째 지론은 '나한테 안 맞으면 고쳐 입는다'라는 것이다. 엄마는 독특하고 튀는 옷들을 좋아하시긴 하지만 그 옷이 불편하면 절대 입지 않으신다. 집안일 때문에 소매가 짧아야 하고 자신의 체형을 커버하기 위해 티셔츠는 엉덩이를 덮는 기장이어야 한다. 꼭 옷에 주머니는 필수이다. 그리고 옷에 포인트가 없으면 심심하다고 생각하신다. 그래서 그것들을 해결하기 위한 방법으로 수선집을 애용하신다. 수선집을 참새가 방앗간 들리듯이 방문하시며 옷들을 자기 스타일에 맞게 고쳐 입으신다. 주머니가 없는 옷은 팔을 잘라 주머니를 만들어 붙이고 밋밋한 옷에는 포인트가 될만한 것을 붙여 새로운 옷으로 탄생시킨다. 그래서 옷장을 보면 누구에게도 없는 엄마만의 옷으로 가득하다.

그런 모습을 보면서 난 엄마가 시대를 잘못 타고난 것만 같아 속상한 마음이 밀려온다. 지금처럼 직업이 다양하고 자기가 하고 싶은 일을 자유롭게 할 수 있는 시대에 태어났으면 특유의 패션 감각으로 패션계에서 한 자리는 할 수 있지 않았을까 하며. '악마는 프라다를 입는다'에 나오는 편집장 같은 엄마의 모습을 상상하면서 말이다.

나는 아직 엄마처럼 아무 옷이나 입어도 소화할 수 있는 능력치에 도달하지 못했다. 과하게 입고 외출했거나 내 마음에 쏙 들게 옷을 입고 나오지 못한 날이면 빨리 집에 가고 싶은 마음이 솟구친다. 그래서 그런 마음이 들지 않도록 집에서 내가 입은 차림새를 여러 번 살펴보고 나오는 편이다.

그런 나를 보고 엄마는 "야 패션은 자신감이야. 거지처럼 입어도 지만 당당하면 끝이야."라고 하시며 웃으신다. 아. 문제는 자신감이었어.

5화

좋아하는
일이 직업이라면

본격
엄마 칭찬하기
다섯 번째

길다면 길었던 재택근무가 지난주에 끝이 났다. 그동안 난 아침 식사 후 아침마당을 보았고 글도 썼다. 그러다가 점심을 먹고 나면 아기처럼 낮잠도 자다가, 뒹구는 것이 지치면 엄마와 장을 보러 갔다 오는, 참 평화로운 나날을 보냈었다. 나는 미리 업무를 몰아서 많이 해놓았기 때문에 재택근무 시간을 아주 탄력적으로 활용했다. 그야말로 살맛 났다. 내 삶에 이런 행복이 다시 찾아올까 싶은 나날이었다.

이제 다시 일상으로 복귀한 난 낮잠을 자던 시간에 거북목을 하고 모니터만 뚫어져라 들여다보게 되었다. 8시 반에 출근하고 나면 오전 목표는 점심 먹기, 오후 목표는 퇴근하기, 두 목표를 향해 쉼 없이 달렸다. 일과 시간 내에 햇빛을 본 게 10분이 채 넘으려나 싶은 빡빡한 일상이었다.

오래 쉬고 나면 힘이 넘쳐흘러서 이제 너무 일하고 싶다고 생각해야 될 것 같은데, 역시 난 더 지치고 피곤했다. 집에 돌아오면 곯아떨어지기 일쑤였다. 지난주에는 잠드는 시간이 평균 9시 반 정도였던 것 같다. '이제 책을 읽고 오늘 있었던 일들을 생각해봐야지.' 하면서 침대에 앉으면 바로 꿈나라 직행열차였다. 들고 있던 폰은 어느새 침대 어느 한구석에 내동댕이쳐져 있었고 아침에 부랴부랴 충전되지 못한 폰을 들고 뛰쳐나갔다. 다시 이런 삶의 연속이리라. 반복되는 일상이 지루해서 더 지치는 것일지도 모르겠다. 그럴 때면 이 쳇바퀴에서 더 벗어나고 싶다.

나는 사실 직장인이 된 후에 진로에 대한 고민을 가장 많이 했었다. 학생일 때는 지금 내가 하고 있는 직업이 장래희망이었다. 어렸을 때부터 이 꿈을 가지고 있었기 때문에 의심할 여지가 없었다. 심지어 대학생 시절 대만으로 봉사활동을 갔을 때는 열이 펄펄 끓는데도 그 몸을 이끌고 이 일을 하러 나갔었다. 이 일이야말로 끓는 열도 이겨낼 정도로 나에게 힘을 주는 일이라고 생각했었다. 하지만 이 직업을 갖게 되고 직접 일에 부딪히게 되면서 더욱 고민이 많아졌다. 내가 생각하던 이 일의 모습은 아주 일부분이었고 직장 내 체제의 답답함이 나를 억눌렀다.

직장을 가지기 전엔 일을 해보지 않아 오히려 확신을 가졌을 수 있었다. '이게 내 길일 거야.', '난 이런 걸 좋아하는 성향이니까.' '이 길이어야만 해.'였었다. 하지만 느낌표는 곧 물음표로 바뀌게 되었다. '이게 진짜 나의 길인가?', '나는 이 일을 할 만한 능력을 갖춘 사람인가?', '누군가의 인생을 바꿀 만한 이 무거운 일을 내가 맡을 자격이 있을까?', '내가 다른 직업을 가지게 된다면 어떨까?'로. 직장인이 된 초창기에 그런 고민을 참 많이 했었다.

사실 7년 차가 된 지금도 여전히 진로에 대한 고민은 끝나지 않았다. 직장 내에서 내가 답답해하던 부분들은 여전히 변함이 없고 나는 여전히 이 일을 아주 잘 해낼 만큼 성장했는지는 의문이지만 그동안 많이 적응이 되었다. 하지만 이 일을 정년까지 열정적으로 할 수 있을까를 생각해보면 아직도 답이 나오지 않는다. 그래서 계속 좋아하는 것을 찾고 잘할 수 있는 일에 대해 생각 중이다.

지금 나의 장래희망은 책방 주인이다. 나는 어렸을 때부터 책을 좋아했다. 책을 읽는 것도 좋아하지만 책을 고르는 일을 더 좋아한다. 새로운 책장 앞에 서면 내 마음에 쏙 드는 책을 골라 읽고 싶어 설렌다. 그래서 책을 큐레이팅 하는 일이 즐거울 것 같다. 또 차분하게 책 사이에서 하루를 보내면 그 하루가 행복으로 가득 찰 것 같다. 요즘은 동네에 작은 책방들도 많이 생기던데 그 꿈을 이룬 사람들을 보면 부러운 마음이 슬그머니 올라온다.

근데 또 동시에 두렵다. 아주 좋아하는 일을 직업으로 가지면 정말 행복해질까 하는 의문이 생긴다. 물론 지금의 일도 오랫동안 꿈꾸던 일이었지만 막상 해보니 내가 꾸던 꿈과는 사뭇 달랐다. 내가 그랬던 것처럼 좋아하던 일이 직업이 되면 혹시나 그 일이 덜 좋아지진 않을까. 그런 마음이 내 발목을 붙잡는다.

요즘 내가 다시 일을 다니며 평소보다 더 지쳐하는 모습을 보고 엄마는 나를 안쓰러워했다. 엄마가 물었다.

엄마, "쉬다가 나가니까 더 힘들지?"
나, "다 그렇지. 일하는 게 좋기만 한 사람이 어딨겠어. 그래도 하는 거지."

엄마, "난 좋아서 하는데?"

나, "좋아서 한다고? 새벽 다섯 시에 일어나서 우리 아침 챙겨주고, 집안일 때문에 주말에도 제대로 쉬지도 못하는데, 정말로 즐겁다고?"

엄마, "응. 난 진짜 좋아서 하는데?"

나, "그게 왜 좋아?"

엄마 "너랑 아빠랑 밥 챙겨 먹이고 너네 챙겨주는 게 내가 좋아하는 일이야."

역시 답은 사랑이었구나. 사람이 그 일을 진정 좋아하게 되려면 대상에 대한 사랑이 있어야 하는구나. 나의 노동으로 인해 행복해질 사람들을 생각해야 그 일이 즐거워지는구나. 엄마와 그 찰나의 대화를 통해 그런 생각이 들었다. 엄마와의 대화는 단순하고 투박하지만 가끔 툭하고 깨달음을 준다. 나는 지금 나의 직업을 꿈꿀 때 그 일을 하며 행복해질 '나'만 생각했다. 그래서 내가 육체적으로도 정신적으로도 지치자 내 길에 대한 의심부터 들었다.

엄마는 사랑하는 사람을 위해 일하기 때문에 이 일이 즐겁다고 했다. 나도 그럴 수 있지 않을까. 내가 이 일을 함으로써 내가 애정을 가지고 있는 사람이 긍정적으로 변화한다면 이 일이 아무리 고되고 힘들어도 그 보람으로 견뎌낼 수 있지 않을까. 앞으로는 그 부분에 초점을 두고 진로 고민을 해보아야겠다.

지금 나의 이 미약한 노동으로 조금은 삶이 달라질 누군가를 생각하며, 혹은 훗날 나의 서점에 방문하여 조금 더 즐거워질 누군가를 생각해보며. 그러면 좋아하던 일이 직업이 되어도 계속 즐겁지 않으려나. 역시 오늘도 엄마에게서 한 수 배운다. 엄마 옆에 살 때 부지런히 그녀의 지혜를 배워야겠다.

성실함의
무게에 대하여

본격
아빠
칭찬하는 글

아빠, 우리 아빠는 솔직하게 말하자면 대번에 장점을 말하기 어려운 사람일지도 모르겠다. 말씀하실 때 늘 얄밉게 한 마디를 덧붙일 때가 많다. 좋은 일은 다 하고도 한 마디 얄미운 말 때문에 점수를 잘 깎아 먹는 사람이다. 집안일에 손을 까딱하지 않는다. 그래서 왠지 엄마를 괴롭히는 것만 같아 분하다.

돈을 참 좋아하신다. 그래서 내가 주변에 앉아있으면 늘 돈 타령을 한다. 나뿐만 아니라 오빠가 있을 때도 그렇다. 어릴 때는 안 그랬는데 우리가 다 크고 나니까 왠지 찔러보면 돈이 나올지도 모르겠다고 생각하나보다.

그렇지만 아빠는 정말 너무 너무 너무 너무 성실하다. 믿을 수 없을 정도로 성실하시다. 어릴 때는 성실한 것이 그렇게 중요한 덕목인 줄 몰랐다. 그냥 왠지 거창한 능력을 못 가진 사람에게 붙이는 말이라고 생각했다. 우수상을 못 받았지만 개근상을 받은 아이처럼 보인달까. 하지만 내가 크고 직장인이 되어보니 성실한 것은 모든 것의 토대이고 근본인 것 같다. 아무리 능력이 있어도, 성실하지 못한 사람은 사회에서 제대로 된 인정을 받지 못하지 않는가. 그런 측면에서 아빠는 성실왕이다. 30년 이상 동안 회사에 지각 한 번 하지 않고 딱 정해진 시간에 일하러 나간다. 일하러 가서도 중간에 반차를 쓴다던가 별일이 없으면 월차를 쓰는 일도 없었다. 정말 대단하다.

나는 일하러 가서도 반차를 쓸 수 있는 조건만 되면 쓰고 싶어서 미쳐버린다. 반나절이라도 놀고 싶어서, 사람들이 일하는 시간에 여유롭게 보내고 싶어서 반차 쓰는 걸 참 좋아한다. 그런데 그런 것을 30년 동안 하지 않았다니. 게으른 나로서는 감탄하지 않을 수 없다.

아빠의 그런 성실함은 퇴직하고 나서도 쭉 이어졌다. 아빠는 퇴직하고 나서 생긴 시간의 공백을 견디지 못했다. 한두 달을 쉬었을까. 자기는 더 이상 쉬지 못하겠다며 이런 삶은 안 되겠다며 직장을 구하러 나가셨다.

하지만 나이 60에 구할 수 있는 직장이 얼마나 있으랴. 아빠는 공인중개사 공부도 해보고 이전 직장 근처도 살펴보셨지만 호락호락하지 않았고, 결국 보험설계사 일을 선택하셨다. 엄마와 나는 '이제는 좀 쉬시지 왜 일을 하러 나갈까' 하며 그의 성실함을 안타까워했다. 그러면서도 '보험 일이 힘드니까 조만간 일을 그만두지 않을까' 하는 마음도 한편에 있었다. 그가 그만 포기하고 남은 인생을 조금 즐기길 바라면서.

하지만 아빠는 수년째 보험회사에 꾸준히 다니고 계신다. 물론 그가 꾸준히 다니는데 우리 가족이 크게 기여하긴 했다. 그 수년 사이에 엄마와 나는 여러 종류의 보험에 들어야 했고, 엄마랑 내가 주변 사람들에 대해 이야기를 할라치면 '걔 보험 들라고 해'라는 권유를 듣곤 했다. 그러면서 우리는 보험회사가 생존해나가는 방식에 대해 조금이나마 알게 되었다.

지금 이 코로나 정국에도 아침 8시부터 나가서 저녁 7시에 들어오신다. 사람이 사람을 피하는 이 시국에 보험을 권하는 사람을 누가 반길까. 10시간 이상의 긴 시간 동안 얼마나 단호하고 냉정한 말들을 들어야 했을까를 생각하면 마음이 아프다. 내가 나가서 영업직 사원을 만났을 때, 카드 회사 직원을 만났을 때, 02로 시작되는 누군지 알 수 없는 전화를 받았을 때 그들을 대하듯이 사람들은 아빠를 그렇게 대하지 않을까. 나쁜 말은 하지 않아도 그와의 대화 끝엔 어떤 속임수가 있을까 봐 대화를 끊어버리고 마는.

그런 성실함으로 우리를 키워온 그 오랜 시간을 직장에서 버텨냈지 않았을까. 누군가를 먹여 살리는 일이 한 사람을 그렇게도 지독히 성실하게 만들었나 보다. '내가 노력하면 가난에서 벗어나지 않을까' 하는 애절함이 그 시대 어른들을 가만히 쉬도록 두지 않았나 싶어 마음이 짠하다. 그래, 가족을 먹여 살린 그 성실함이 앞에 말한 단점들을 다 상쇄시키는 '치트키'인 것 같다. 앞에 했던 욕은 취소다.

7화

욜로족이
사는 법

본격
오빠
칭찬하기

우리 집엔 욜로족이 살고 있다. 바로 우리 오빠이다. 오빠는 우리 가족 중에서도 나름 자유로운 영혼이다. 그는 구속되는 것을 좋아하지 않아 어려서부터 독립해 따로 살고 있으며 새로운 가족을 만드는 것도 현재는 원하지 않는다.(나중에는 원할지도 모르겠지만) 아주 현재에 충실한 삶을 살고 있는 인물이다. 사실 욜로족이라는 말이 유행하기 전부터도 오빠는 이미 욜로의 라이프를 살고 있었다.

오빠는 자신의 취미에 굉장히 충실한 사람이다. 그의 인생 역정을 살펴보면 어렸을 때에는 미술에 충실했다가 이십 대부터는 락에 흠뻑 취해있었고 맨시티라는 축구팀, 그다음엔 농구에 빠졌다가 한두 번쯤은 여자 친구에게 굉장히 빠져있었고 지금은 신발에 빠졌다가 간신히 헤어나오고 있는 중이다. 큰 맥

락은 그렇고 기타나 보드, 피규어, 레고 같은 것들에도 잔잔하게 빠졌었다.

그가 하나에 빠졌을 때에는 몰입도가 장난이 아니다. 락에 심취했을 때는 많은 록 페스티벌에 출석도장을 찍었고 자신의 집 한쪽 벽을 자신이 좋아하는 락밴드의 얼굴로 도배했다. 축구팀에 빠졌을 때에는 축구팀의 승패 여부에 따라 자신의 하루 기분이 좌우되었다. 물론 그 축구팀의 유니폼만 입고 다닌 것은 말할 것도 없다. 집에 기타도 몇 대씩 있고 엄청 좋은 퀄리티의 피규어들이 한쪽 장에 자리잡고 있다.

여자 친구한테 빠졌을 때에도 마찬가지였다. 엄마와 내가 생각했을 때는 좀 의아한 점이 많았지만 말이다. 그 여자 친구와 첫 데이트를 하려고 하는 시점에 우리는 오빠의 집을 방문했었다. 그는 매우 들떠있었고 그날 무엇을 입을지 미리 옷을 다 세팅해놓은 상태였다. 누군가에겐 당연한 일일지 모르겠지만 추리닝만 입고 다니던 애가 그렇게 옷을 미리 사놓고 세팅해놓은 것은 우리에겐 사건이었다. 그리고 첫 데이트에서 그는 여자 친구와 백화점을 가게 되었고 그녀가 예쁘다고 칭찬한 60만 원짜리 옷을 사주었다. 그리고는 그 후로 오랫동안 그 옷의

할부금을 갚았었다. 그 외에도 그녀에게 홀딱 반해 호구 같은 행동을 많이도 했었다. 우리는 그 모습을 보며 혀를 껄껄 찼지만. 그래도 엄마는 내심 더 오래 그녀에게 빠져있기를 바랐지만 그는 금세 그녀와의 만남을 정리하고 다른 취미를 찾았다.

어쨌거나 그는 취미생활에 매우 충실하게 살고 있고 그런 삶을 매우 즐긴다. 어렸을 때는 오빠를 보며 '쟨 왜 저래?' 하는 마음이 있었다. 돈도 착실하게 모으고 취미도 그저 적당히 즐겼으면 하는 바람이었다. 그래서 부모님도 더 잘 챙기고 자기도 안정적으로 살고 하면 좋을 것 같다고 생각했었다.

하지만 요즘은 오빠를 보는 관점이 조금 달라지고 있다. 나랑 비교를 해보자면 나는 직장을 얻은 이후부터 돈도 그럭저럭 저축도 하고 또 쓰고 싶은 만큼 쓰고 살았다. 그렇지만 이렇다 하게 큰돈을 모은 것도, 또 거창하게 좋은 물건을 가지게 된 것도 아니었다. 좀 어정쩡하다고 해야 될까.

반면 오빠를 보면 돈을 별로 모으지 못한 건 나랑 비슷하지만 그의 집에 가보면 그가 좋아하는 물건들로 가득 차 있다. 또 우리에게 자기가 좋아하는 것들을 쉴 새 없이 설명하는 그의 눈은 빛나고 있다.

내가 오빠보다 돈을 조금 더 모았다고 해서 더 행복한 걸까 생각해보면 그런 건 아닌 것 같다. (내가 훨씬 많은 돈을 가진 것도 아니다.) 그의 생활 방식처럼 살고 싶다는 건 아니지만 가끔은 그의 삶이 부럽기도 하다.

좋아하는 것들로 삶이 가득 찬 그런 모습. 좋아하는 것, 즐기는 것이 많은 사람이 삶이 풍요로운 사람일지도 모르겠다. 그렇게 보면 오빠는 자신에게 꼭 맞는 풍요로운 삶을 찾았고 그렇게 살고 있는 건 아닐까.

나와 너
그리고 삶을 이해하는
새로운 칭찬의 패러다임

8화

남자 친구의
이상한 개그

본격
남자 친구
칭찬하기

누군가 나한테 어떤 이성을 좋아하냐고 물으면 '나는 웃긴 사람이 좋아'라고 대답했다. 지금의 남자 친구를 만나기 전까지!!! 남자 친구와 나는 미묘하게 개그코드가 다르다. 나는 허를 찌르는 개그를 좋아하는 편이다. 예상치 못하게 이야기의 핵심을 관통하며 파박 찔러주는 그런 개그. 예를 들자면 약간 김구라나 장동민 식의 못된 개그에 깔깔 웃는다.

　반면 남자 친구는 잔잔하고도 이상한 개그들을 잘하는 편이다. 그의 개그 패턴을 정리해보자면 이렇다. 첫 번째는 신체를 활용한 개그이다. 주로 어린아이한테 장난꾸러기 삼촌이 해대는 개그 같은 거다. 장난치다가 결국에 애는 울고 난리 나는 그런 거 말이다. 눈알을 빼서 흔들고 다시 집어넣는다든지. 혹은 쭉 뻗은 손 위로 잘린 손가락이 왔다 갔다 한다든지. 그중에 가장 특이하면서도 신기했던 건 입을 꽉 다물고 뻐끔뻐끔 거리다가 입 밖으로 연기를 뿜는 거였다. 입안과 바깥의 기압 차 같은 걸 활용한 방법인 것 같긴 한데, 태어나서 보도 듣지도 못한 그런 모습이어서 신기하긴 했다. 그래서 남자 친구와 함께 주변 사람을 만날 때면 남자 친구보고 "자기 빨리 그거 해봐. 그거, 뻐끔거리는 거." 이렇게 장기자랑 아닌 장기자랑을 시키곤 했다. 신체를 활용한 장기(臟器:내장의 여러 기관)를 자랑한 거니 장기자랑은 맞는 건가. 어쨌건 간에 다들 신기해하긴 한다.

남자 친구랑 있으면, 그가 하도 이런 것들을 다양하게 해대서 나도 엉뚱한 생각이 들곤 한다. 몇십 년 뒤에 할아버지가 되었을 때 이런 장난들을 모두 정리해서 '이상하고 하찮지만 신기한 장난 사전'을 만들면 되겠다는 생각. 혼자 생각하고 혼자 웃었다.

두 번째는 언어유희를 활용한 개그이다. 이건 남자 친구가 가장 자부심을 느끼는 개그이기도 하다. 예를 들자면 이런 것들이 있다. 차를 타고 가다가 차에서 fun의 we are young 이라는 노래가 흘러나올 때였다. 남자 친구 왈, "아 we are young 할 때 그 young자가 젊을 영 嬰 이거 쓰는 거지?" 이런 식이다. 또 우리 지역의 교육감이 부정부패로 구속되었을 때 일이다. 그분은 '김복만'이라는 성함을 가진 교육감이었는데 남자 친구는 당시 그 교육감의 부정부패에 굉장히 분개해있었다. 그래서 자기 카톡 프로필에 '복만이 받으세요'라고 한동안 해두었다. 그 시기가 연말 연초였기 때문에 아무도 남자 친구만의 풍자 개그를 알아채지 못했다고 한다. 이런 식이다.

나는 이런 개그들에 혹평을 하곤 하는데 어이없는 건 그렇게 혹평을 해놓고는, 같이 놀다 보면 나도 덩달아 그런 말장난을 하고 있다는 것이다. 그러면 나의 시덥지 않은 말장난에 대해 남자 친구가 혹평을 한다.

"개그란 건 말이야. 그렇게 아무 시점에 던지는 게 아니라고. 맥락이 맞아야지!"

그는 나름 자신의 개그에 자부심이 있다. 자신의 말장난엔다 원칙이 있다는 것이다. 그 원칙은 이렇다. 웃음이 터지려면 예상 가능한 것이어서는 안 되고 맥락이 중요하단다. 근데 솔직히 말하자면 그도 그 원칙을 잘 따르고 있는지는 모르겠다.

아무튼 이런 개그를 하는 남자랑 6년 동안 놀고 있다. 하루는 친구가 "야. 너는 그렇게 웃긴 남자 타령을 하더니 어떻게 그런 식의 개그를 몇 년간 듣고 놀고 있어? 웃음 코드가 안 맞아서 별로지 않아?"라고 물었다. 나도 곰곰이 생각해보니 그런 생각이 들 수도 있겠다 싶었다. 그래서 남자 친구를 왜 좋아하고 있는지 다시 한 번 생각해봤다.

그는 내가 우울해 있거나 속상해하고 있을 때면 어김없이 카톡으로 이렇게 말한다.

"만나자. 웃게 해 줄게."

그렇게 해서 또 만나면 그의 어이없는 개그를 듣고 '풉' 하고 웃고 만다.

또 내가 이곳저곳 차를 타고 돌아다는 걸 참 좋아하는데, 내가 장시간 운전을 할 때면 그는 폰을 꺼내 들어 검색을 한다. 그리고는 '최불암 시리즈'랑 '만득이 시리즈'를 읊어준다. "불암이가 말했다." 언제 적 최불암 시리즈냐고. 진짜 특이해. 그런데도 그 마음이 고마워 피식 웃는다. 또 최불암 시리즈와 만득이 시리즈도 오랜만에 들으면 웃기다.

　그래서 좋아하는 것 같다. 그의 이상한 개그가 따뜻하고 다정해서. 그래서 엄청 오랫동안 같이 잘 놀고 있다.

9화

남자 친구는
땅을 보고 걷는다

본격
남자 친구 칭찬하기
두 번째

응. 먹는거 아니야.

우리의 데이트의 마지막은 늘 산책으로 마무리된다. 이리저리 정신없었던 하루의 일과가 산책으로 정리되는 느낌이다. 그날 하루 있었던 일을 남자 친구와 조잘조잘 이야기를 하다 보면 그 하루가 좋기만 했던 것처럼 둘이 히죽거리며 걷게 된다.

남자 친구와 걷다 보면 사람이 걷는 것조차 이렇게 다를 수가 있구나 싶어 신기할 때가 있다. 나는 주로 정면을 보거나 내 시선 가까이의 것들을 보면서 걷는다. 이를테면 나무나 건물 같은 내 눈에 잘 띄는 것들을 보며 걷는다. 반면 남자 친구는 신기하게도 땅을 보며 걷는다. 땅에 있는 여러 가지들을 관찰하는 것을 좋아한다. 땅에 있는 쓰레기들은 그의 중요한 관찰 대상 중 하나이다. 바닥에 버려진 물건들을 이리저리 살펴보다가 다시 가던 길을 가곤 한다. 누군가 반쯤 먹은 음식들도 가끔씩 구경한다. 사실 나는 바다 쪽은 내 관심 밖이라 그렇게 하는 남자 친구가 신기해 장난을 치곤 한다.

"응. 먹는 거 아니야."

나는 그에게 왜 땅을 보고 걷는지 물었다. 남자 친구는 멋쩍게 웃으며 별다른 이유는 없는데 어려서부터 그렇게 자주 놀았기 때문이라고 말했다. 그는 어렸을 때 유치원이나 어린이집을 다닌 적이 없었다고 했다. 부모님은 일하시느라 바쁘셨고 부모님이 일하러 나가시면 혼자 남아서 길에서 놀곤 했댔다. 자기 소유의 장난감은 당연히 없었고 친구들은 다 어디론가 가고 없는 길에서 그는 버려진 쓰레기들을 구경하고 그것들을 만져보고 그렇게 놀았다. 그러다 썩 마음에 드는 것은 집에 챙겨가는 바람에 어머니께 한소리를 듣기도 했다.

"그렇게 놀면 안 심심했어?"
"심심했지. 그러니까 혼자 여러 가지 생각도 하고 외로웠고 그랬지."

나는 바보같이 내 또래 친구들은 그 시절에 유치원에서 다니고 피아노 학원 다니고 태권도 학원을 다녔다고만 생각했다. 그런 게 당연한 줄 알았던 나의 세계가 좁고 편협함을 다시 깨달았다. 그의 얘기를 듣고 난 후부터 나는 동네 꼬마들과 중고등학생들을 유심히 보게 된다. 그때 남자 친구는 저 아이들 중에 어떤 아이랑 비슷한 아이였을까 상상해보곤 한다. '머리는 쟤랑 비슷한 스타일이었던 것 같아. 혼자 잘 노는 모습이 저 아이랑 비슷한 것 같아.' 그런 상상을 자주 하지만 그와 딱 비슷한 사람은 아직 찾아내지 못했다.

　그는 혼자 있는 걸 좋아하지만 다른 사람과 있을 때면 그 사람의 기분이나 마음을 많이 생각하고 배려한다. 자기가 기진맥진해질 정도로. 다른 사람과 어울리는 걸 좋아하지 않지만 그 사람의 힘든 일에 누구보다 먼저 도움을 주는 사람이다. 학창 시절에도 평소엔 자기 공부만 하고 눈에 띄는 걸 좋아하지 않았지만 누군갈 괴롭히는 애를 보면 맞을 걸 각오하고도 덤비곤 했다고 했다. 한 번은 친구를 괴롭히는 애가 있어서 자기가 먼저 덤비고는 다음 날 혹시 몰라 책가방에 아령을 들고 등교했다나. 좀 평범한 애는 아니다.

생각해보면 그가 지금과 같은 사람으로 성장한 데에는 땅을 보고 다녔던 어린 시절이 있어서 그런 게 아닐까 싶다. 혼자 쭈그리고 앉아서 외로워하며 누군가와 어울리고 싶어 어떻게 살아야 할까 많이 고민했던 아이였기 때문에. 그런 아이가 엇나가지 않고 잘 커주어 고마운 생각이 들기도 하지만 마음 한편으로는 짠한 마음이 든다.

내가 길에서 그 아이를 만나게 된다면 문방구에 데려가서 "갖고 싶은 거 다 골라."라고 위풍당당하게 외쳐야지. 그러면 갠 막 신나서 뭐 고를지 엄청 고민하겠지? 그런 말도 안 되는 상상을 해본다.

10화

오후 세 시의
빛을 좋아하는 사람

본격
남자 친구 칭찬하기
세 번째

정말 봄이다. 겨울 내내 집안의 곰처럼 지내던 나는 어느 날 재활용 쓰레기를 버리러 나갔다가 깜짝 놀라고 말았다. 이렇게 봄이 성큼 다가오다니. 그것도 모르고 집 안에 틀어박혀 지냈다니. 다들 알던 사실을 나만 늦게 알아챈 것 같아 왠지 아쉬움이 컸다. 봄의 정취를 한껏 느끼고 싶은데.

나는 불과 몇 년 사이에 부쩍 자연을 좋아하는 사람이 되었다. 어렸을 때 나는 자연의 아름다움이라곤 잘 느끼지 못하는 사람이었다. 어른들이 꽃 사진을 좋아하는 것도 이해하지 못하였고 각양각색의 꽃이 만연한 산을 오르는 것도 정말 싫어했다. 심지어 티비 속 여자들이 꽃을 받으면 좋아하는 것에도 공감하지 못하는 사람이었다. 내가 그런 것들을 아주 좋아하는 사람이 될 줄은 생각도 못했었다.

지금의 난 자연에 아주 꽂혀있다. 특히 출퇴근길에 볼 수 있는 강변은 나의 마음속 베스트 장소이다. 출근길 아침에 뜨는 태양과 그 태양의 빛이 비치는 강물도 좋았고 강길을 따라 휘청대는 갈대도 좋았다. 아침마다 직장으로 가던 차를 돌려 강길을 따라 산책하고 싶은 마음이 요동쳤다. 퇴근길은 더 눈부셨다. 퇴근하는 마음이 날아갈 것 같았기 때문인지 더욱 아름다웠다. 뉘엿뉘엿 지는 석양과 바람에 따라 흔들리는 나무가 좋아 운전 중에 신호가 멈출 때마다 사진을 찍고 싶은 마음이 솟구쳤다. 아침 풍경은 아침대로 좋고, 저녁 풍경은 저녁대로 좋았다. 평일 낮 시간의 풍경은 제대로 누린 적이 손에 꼽기 때문에 더 애틋하다.

　그 강변이 계절에 따라 달라지는 모습들도 참 좋다. 봄에 아주 잠시 누릴 수 있는 벚꽃 풍경도 눈이 부셨고 꽃이 진 다음 피어나는 새싹들도 색이 예쁘다. 그 연둣빛이 어쩜 그렇게 새초롬하면서 푸릇한지 그 색을 닮고 싶어진다. 여름철 울창하게 짙어진 나뭇잎 색들도, 가을에 점점 물들어가는 잎들도 때때마다 아름답다. 왠지 아련해지는 겨울의 강변도 그 나름의 정취가 있다. 이렇게 느끼게 된 건 불과 3-4년 된 것 같다. 도대체 그 사이에 나에게 무슨 일이 있었길래 나는 자연 매니아가 된 것일까.

엄마는 네가 그사이에 좀 늙어서 그렇다고 말했다.

사람에게서 관심이 자연으로 넘어간 것이라고 했다. 그것도 맞는 말인 것 같다. 아주 어렸을 때는 내 얼굴, 내 기분에만 관심이 쏠렸고 조금 더 크고 나서는 친구들에게 나의 모든 시선이 집중되었다. 역사를 공부하게 되었을 때부터는 사람의 행위와 이유가 늘 궁금했다. 그렇게 사람의 삶에 초점이 맞춰져 있던 나의 시선이 어느 정도는 옮겨진 것 같다. 자연을 좋아하게 된 것에는 직장 생활도 한몫했다. 일을 하다 보면 나를 지치게 하는 사람들도 있었다. 그 피로함에서 벗어나고 싶어서 쉬는 시간 동안은 사람 생각을 덜 하고 싶어졌다. 그래서 자연이 편했던 것도 같다.

근데 자연을 좋아하게 된 것에 결정적인 이유를 꼽자면 남자 친구 때문이다. 남자 친구는 사진을 찍는 것을 좋아하는 사람이다. 우리가 사귀기 전에 나는 사진 찍는 것을 가르쳐달라며 남자 친구에게 자연스럽게 접근했다. 아주 좋은 카메라를 사서 그에게 카메라 다루는 방법을 알려달라고 했고 그렇게 만나는 횟수를 차츰 늘려 나갔다. 본인도 날 좋아했으니 쉬는 날마다 나와서 가르쳐줬겠지만, 어쨌건 간에 나의 절묘한 전략으로 우리는 만나게 되었다.

어느 날은 남자 친구에게 어떤 풍경 찍는 것을 가장 좋아하냐고 물었다. 남자 친구는 오후 서너 시의 풍경을 가장 좋아한다고 했다. 당시 나는 어리둥절했다. 열두 시나 세 시나 풍경이 뭐가 다른 거지? 둘 다 쨍쨍한 시간 아닌가? 그래서 왜냐고 물었다. 남자 친구는 해가 정점에서 조금 내려왔을 때 자연을 비추는 그 모습이 좋아서라고 답했다. 그 시간의 빛의 색이나 그 빛에 비친 나뭇잎을 보면 다르다고 했다. 그때부터였다. 나도 그 느낌을 알고 싶었다. 좋아하는 사람이 좋아하는 풍경을 나도 좋아하고 싶은 마음이랄까. 한 시의 풍경과 세 시의 풍경이 다름을 느끼고 싶었다. 그래서 그 모습을 가만히 들여다보려고 노력했다. 아직도 확실한 그 느낌은 잘 모르지만 가만히 보다 보니 이 풍경은 이 풍경대로, 저 풍경은 저 풍경대로 다 좋아져 버렸다.

그의 자연 사랑은 엉뚱한 지점이 있다.

하루는 내가 약속에 늦어 허겁지겁 뛰어나갔는데 그가 가만히 한 곳을 응시하고 있었다. 그의 시선을 따라가니 민들레가 있었다. 뭐 했냐고 물어보니 아스팔트 사이에서 혼자 피어난 민들레가 귀엽고 기특해서 보고 있었다고 했다. 나는 그렇게 말하는 걔가 귀여웠다. 또 다른 날에는 산책하는데 이상하게 걷길래 뭐하냐고 물었다. 길바닥의 벽돌들 사이에 피어난 풀들이 죽을까 봐 조심하면서 걷는다고 했다. 그런 대화들이 몇 년간 이어지다 보니 나도 모르게 아스팔트의 꽃들이 귀여워졌고 벽돌 사이의 풀에도 관심이 간다. 세상을 바라보는 시선이 서로 닮아가는 중인가 보다. 함께 사진을 찍다 보면 서로 좋아하는 풍경이 어느새 비슷해진 것을 느낀다.

자연을 바라보는 시선이 따뜻한 만큼 사람을 바라보는 시선도 다정한 사람이다. 그는 길에 주차하면서도 자신의 차가 누군가 옆에 놓아둔 청소 도구를 챙기는 것에 방해가 될까 봐 차를 다시 주차한다. 누군가는 무심할 수 있는 일에도 그는 충분히 마음을 쓴다. 또 밤중에 자기 차의 불빛으로 인해 지나가던 사람이 눈부실까 봐 사람이 지나갈 때면 불빛을 살짝 끄곤 한다. 그렇게 그는 사람에 대해서도 섬세한 시선을 가지고 있다. 그동안 나는 나의 무던한 시선 덕분에 마음 편하게 살아왔지만 이제는 그의 섬세한 시선을 익히고 싶다. 작은 것에 주의를 기울일 줄 아는 사람이 사람의 마음도 제대로 헤아릴 수 있는 사람임을 알았기 때문이다.

그와 지금껏 놀면서 자연을 바라보는 시선이 많이 비슷해졌으니, 조금 더 오래 놀다 보면 사람을 바라보는 눈빛도 어느새 닮아있지 않을까. 문득 나의 오십 살 무렵 즈음을 상상해본다. 카톡 프로필 사진을 꽃 사진으로 해놓고서는 주변 사람들을 향해 따쓰하게 미소 지을 줄 아는 중년이라면 지금 나의 바람이 아주 성공적으로 이루어진 것이 아니려나.

바리바리 반찬을
싸주는 마음

본격
시어머니
칭찬하기

결혼이 두려웠던 이유 중 하나는 시월드에 대한 것이기도 했다. 꼭 드라마 속 이야기가 아니더라도 시월드에 대한 무서운 괴담들은 흔했다. 누구네 시어머니가 아침마다 아들을 보러오신다느니 누구네는 김장을 300포기 했다느니 그런 이야기들 말이다.

　난 자신이 없었다. 내 몸 하나 건사하기 힘든 내가 주변까지 챙길 여력이 없다고 생각했다. 그럼에도 남자친구는 나를 끝까지 기다려줬고 결국 우리는 결혼을 하게 되었다. 그래서 자연스럽게 입성하게 된 시월드는 내 상상과는 너무도 달랐다.

　시부모님께서는 항상 나를 반겨주셨다. 자식처럼 내 안부를 물어봐 주셨고 몸은 괜찮은지 걱정해주셨다. 시어머니께서는 내가 시댁에 가도 편하게 누워있으라고 하시고는 힘든 일은 도

맡아 하셨다.

시댁에 다녀오면 우리는 반찬 부자가 되곤 한다. 시어머니께서 우릴 위해 준비하신 많은 반찬들 덕분이다. 세상 모든 종류의 김치들, 멸치 반찬, 고기 반찬, 나물들. 손이 가지 않는 것이 없다. 혼자 어찌 다 만드셨을까 싶으면서도 자식을 생각하며 그 과정이 기쁘셨을지도 모르겠다. 우리 엄마도 나 맛있는 거 해줄 때 기쁘다고 했었다. 어머니들은 그런 마음이신가 보다.

시댁에 다녀오면 반찬과 더불어 받아온 온갖 생활용품들을 창고에 정리한다. 고무장갑부터 휴지, 핫팩, 행주 그런 것들이다. 어머니께서 그것들을 챙기셨을 마음을 떠올리면 눈물이 핑 돌 때가 있다. 평소 생활하다가 생필품들이 하나 둘 생기면 '애들 오면 줘야지' 하시면서 챙기다 보니 그 물건들이 한 바구니가 되는 거다. 그런 게 사랑이 아니면 무엇이 사랑이란 말인가.

사랑은 '밥'이란 말로 대변될 때가 있는 것 같다. 밥 먹었냐고 묻는 말들, 오랜만에 봤다고 따스하게 내주시는 집밥, 자식 온다고 전날부터 장 보는 마음. 어머니께서는 직접 마음을 표현하시진 않지만 그런 마음들은 말하지 않아도 밥으로 온기가 느껴진다.

이 글을 처음 쓰기 시작한 시점에는 나에게 빛나는 것들이 보이지 않는다고 생각했다. 다른 사람들은 반짝거리는 재능을 가졌는데 나에게만 특별한 점이 없음에 좌절하고 있었다.

하지만 글을 쓰며 주변을 돌아보기 시작했다. 한 명 한 명 자세히 들여다보니 내 주변에 특별하고 따사로운 마음을 가진 사람들이 많았다. 엄마, 아빠, 남편, 오빠, 시아버지, 시어머니, 친구들, 직장동료들. 그들은 그런 다정한 마음으로 내 주변을 빛내주고 있었다. 그런 그들로 인해 나 역시 빛나고 있었다. 어리석게도 먼 곳만 바라보느라 나만 그 사실을 모르고 있던 것이었다.

12화

60대가 되어도
늙지 않는 마음으로

본격
아버지들 칭찬하기
두 번째

가끔 내 나이를 생각하고는 놀랄 때가 있다 내 생각이나 감정은 28살 정도에 머물러 있는데 숫자는 어느덧 불어있었다 몸이 예전 같진 않으니 이게 꿈은 아닌 게 확실하다.

어떨 땐 나이에 맞게 행동해야겠다는 생각도 든다. 철없이 해맑게 살다가도 내가 이럴 땐가 싶다. 사람은 다 그런 걸까? 마음은 어릴 때와 같지만 나이를 먹다 보니 나이에 맞게 행동하게 되는 걸까. 그렇게 어른이 되는 건가.

나이에 맞게 산다는 게 뭘까. 나이가 들었다고 해서 현실에 안주하는 건 아무래도 멋이 없다. '이 나이에 무슨', '다 늙어서 뭘 해' 이런 사람으로 늙고 싶진 않다.

하지만 내 주변엔 현실에 안주하지 않는 60대 소년들이 있다. 나의 시아버지, 나의 아빠가 그 주인공들이다.

시아버지는 60대의 나이에도 끊임없이 도전하는 분이다. 남편의 말에 의하면 남편이 어릴 때 가정형편이 어려웠다고 했다. 그래서 시아버지와 시어머니께서는 끊임없이 새로운 일을 하셨다. 가전제품 장사부터 국밥집, 에어컨 설치 등등 여러 일을 거치며 자식들을 길러내셨다. 간단하게 말했지만 그 과정은 굉장히 고생스럽고 고단한 여정이었을 것이다.

이제는 그런 자식들이 다 장성해서 자기 밥그릇을 마련하게 되었다. 그러면 쉬실 때도 되었는데 여전히 새로운 일에 도전 중이시다. 어릴 때 공부를 제대로 해보지 못하신 분이 60대에 본격적으로 공부에 뛰어들어 각종 기술 기사 자격증들을 취득하셨다. 어린 나이에도 공부하는 건 쉽지 않지만 그 나이에는 더 쉽지 않으셨을 것이다. 남편은 항상 '공부에 요령도 없는 사람'이 그렇게 하는 것 자체가 대단하고 존경스럽다고 말했다. 그 원동력은 뭘까. 지금도 아버님께서는 나무 의사 자격을 취득하기 위해 연수원을 다니시고 시험 공부에 매진 중이시다.

근데 또 생각해보니 우리 아빠도 못지않다. 일평생을 조선업계에서 일했다. 그 분야에서 관리자 자리까지 올라가신 분이다. 그런데도 퇴직하고 나서도 쉬질 않으신다. 보험업에 뛰어드시더니 각종 보험 판매 자격을 얻기 위해 밤에도 공부, 주말에도 연수반으러 뛰어다니신다. 어떨 땐 답답할 때도 있었다. 이제 쉬면 좋지 않을까. 나이 들어서 힘든 일을 끊임없이 도전하는 걸 보는 게 마음이 아릴 때도 있었다. 어쩌면 어느 정도는 시대 정신일지도 모르겠다. 어려운 시절을 겪었던 이들이 공통적으로 소유하고 있는 마음. 안주하면 안 될 것 같은 마음 아닐까.

겨우 서른이 넘은 나도 사는 게 지칠 때가 있다. 일 끝나고 돌아와서는 눕고만 싶다. 실제로 주말엔 누워만 있다. 그럴 때 내 주변의 60대 소년들을 떠올린다. 여전히 끊임없이 도전하며 생존을 위해 노력하는 아버지들.

그런 게 늙지 않는 마음은 아닐까. 나이는 생각하지 않고 내가 필요하다고 생각하는 것엔 거침없이 뛰어드는 마음. 몸은 따라주지 않을지언정 마음은 청년처럼 사는 것 말이다.

나도 이제부터 그런 마음을 익혀나가면 영원히 30대로 살 수 있을까. 호락호락하게 늙고 싶진 않다. 세월에 흐름에 따라 몸이 늙을 지언정 마음마저 아줌마, 할머니가 되어버리는 건 싫다. 하지만 왠지 두근거린다. 어쩌면 주변에 훌륭한 롤모델들이 있으니 난 불로에 성공할지도 모르겠다.

누특알 3

바람 같은
사람의 마음을 머물게 하는
인간관계의 패러다임

13화

나도
뒤에 빽있다

본격
직장동료
칭찬하기

나도 뒤에 빽있다 빽

내 직장에는 아주 다양한 사람들이 존재한다. 나의 편협한 사고로는 이해하기 어려운 사람들도 있다. 일이 전개될 때는 관심 없이 있다가 그 일이 완료되기 바로 직전에 '이걸 왜 이렇게 처리해'라며 딴지를 걸고 일을 엎어 버리는 사람, 하나부터 열까지 시도 때도 없이 불평을 터뜨리는 사람, 일을 자연스럽게 동료에게 토스하는 능력이 아주 뛰어난 사람, 일을 나누어야 할 때마다 신체 중 어떤 부분이 아파오는 사람, 아침마다 지각을 하는데 상사로부터 잘 안 들키고 (이건 좀 부럽다.) 지각을 하면서도 엄청 당당하게 걸어오는 사람. 정말 다양하다. 그곳은 내가 직장생활을 시작하기 전에는 볼 수 없었던 유형의 사람들이 공존하는 곳이다.

직장동료분께서 해주신 말이 있었다.

"생각대로 살지 않으면 사는 대로 생각하게 된다고 하네."

이 말이 너무 멋있었다. 그냥 살아지는 대로 살고 싶진 않았다. 내 생각대로 살고 싶고, 내가 원하는 사람이 되고 싶다고 생각했다. 내가 되고 싶은 사람은 어떤 사람인지 생각해보았다.

밖에서는 아이처럼 해맑게 살고 싶지만, 직장에서만큼은 '좋은 어른'이 되고 싶다고 생각했다. 하지만 '좋은' 또는 '어른'의 개념은 매우 추상적이고 포괄적이라 아직도 그 개념들을 조금씩 좁혀가고 있는 중이다. 아직 완전히 내 마음속에 정의가 뚜렷하게 내려지진 않았다. 하지만 이 개념을 좁혀나가는 데 도움을 준 사람들이 있었다.

먼저 Y부장님에 대해 말해보려 한다. 그녀는 내가 두 번째로 만난 부장님이다.

그녀에 대해 이야기하기 전에 내가 처음 만난 부장님에 대해 이야기를 해보자면, 그 부장님은 나를 방임하며 키우셨다. 큰 울타리를 쳐놓고 그 안에서 '놀아봐' 하고 풀어놓은 느낌이랄까. 당시 나는 직장에 처음 발령받은 신규였기 때문에 하나부터 열까지 아는 것이 없었다. 당장 업무는 맡았는데 아는 건 없고, 그런데 내가 담당자니까 사람들은 자꾸 나한테 문의를 해왔다. 나는 멘붕에 빠졌다. 사람들이 하나씩 질문해 올 때마다 사소한 것 하나하나 부장님께 가서 여쭤볼 수가 없었다. 또 부장님께 여쭤보면, "마, 대충 해." "그거 책 찬찬히 읽어 봐봐." 정도의 대답이 돌아왔다. 사람들은 계속 재촉해 오고, 부장님께 들은 대답으로는 도저히 문제를 해결할 수 없어 나는 발품을 팔아가며 겨우 버텼다. 콜센터에 전화하고 다른 사람들에게 하나하나 물어보며 문제를 해결해갔다.

좀 웃기게도, 나는 우리 부장님 말고 다른 부서의 부장님을 찾아가 그 옆에 서서 일을 배웠다. 나 말고 다른 신규들은 자기 부장님이 옆에서 도와주는데 너무 부러웠다. 근데 또 그 부장님 밑에서 일하는 게 싫은 건 아니었다. 일을 처리할 때 이러쿵저러쿵 말하는 일이 없으셨고 내가 큰 잘못을 했을 때에도 비난 한 번 하지 않으셨다. 그저 "괜찮아. 그거 마 대충 하면 돼."고 하셨다. 자기가 생각해 놓은 큰 울타리 안에만 있으면 그 안에서 일어나는 일들에 대해서는 관대하셨다. 그래서 편하기도 하면서 일을 아예 나에게 맡겨두시니 일에 대한 책임감도 생겼다.

　그런 자유로운 부장님 아래에서 3년간 일하다가 만난 분이 Y부장님이다. Y부장님은 처음 만난 부장님과는 전혀 스타일이 다른 분이셨다. 부장님은 매우 열정이 넘치시는 분이다. 부서의 일에도 마찬가지이셨다. 그래서 꼼꼼하게 일을 하나부터 열까지 다 챙기셨고 내가 빠뜨린 것이 있으면 친절하게 알려주셨다. Y부장님을 만나고는 나는 어미를 만난 병아리마냥 따뜻했다. 내 뒤를 받쳐주는 누군가가 생긴 것처럼 든든했다. Y부장님께 반한 부분은 딱 그런 점이다. 하루는 부서 일에 문제가 생겼다. 일을 잘못 처리해서 일을 다시 해야 했던 것이다. 내 잘못인 것 같아서 "어른들께는 제가 가서 설명드릴게요."라고 말했다. 그러자 부장님은 "이건 내가 해야 할 일이야. 그러라고 부장이 있는 거야."라고 말씀하셨다.

　그 순간 나는 부장님이 너무 멋있어서 반해버렸다. 이런 어른이라니. "나는 직장에서 이런 분을 상사로 둔 행복한 사람이구나." 하고 마음이 벅차올랐다. 나는 내가 맡은 일은 오롯이 나만이 책임지는　것이라고 생각했었다. 누구도 나의 잘못에 대해 자신의 책임이 있다고 말해주리라 예상하지 못하였다. 그런데 나의 잘못은 부장님의 책임이라고 말해주시다니. 그제야 부장님이 부서의 모든 일에 솔선수범해서 나서신 이유를 깨달았다. 부지런한 사람이라서, 착한 사람이라서 그런 것이 아니라 그 부서의 모든 일들을 자신의 일이라고 생각하고, 그 일들을 책임지고 계신 거였다. 단순한 덕목 같지만 굉장히 어려운 일이라고 생각한다. 성과가 있을 때는 자신의 몫으로 돌리고, 잘못을 했을 때에는 계원의 뒤편에 서 계시는 부장님들을 많이 봐왔다. 잘못이 있을 때 자신이 앞에 서고 계원을 자신의 뒤에 가려주시는 분은 의외로 드물다.

아! 부장님은 밥을 사주실 때에도 그렇게 말씀하셨다. "밥 사주라고 부장이 있는 거야." 아... 멋이라는 것이 폭발한다.

14화

내 직장에는
좋은 사람이 있다

본격
직장동료 칭찬하기
두 번째

Y부장님에 대해 이야기해보았으니 S부장님을 빼놓을 수 없다. S부장님은 다른 프로젝트로 만난 부장님이셨다. S부장님의 리더십에 대해 말해보고 싶다. S부장님은 남다른 카리스마를 가지신 분이다. 그녀에게 혼나면 다들 눈물을 찔끔 흘리곤했다. 그녀와 일을 해보기 전까지 나도 그녀를 대할 때 조금은 두려운 마음이 있었다.

"멋있지만 무서워."

하지만 그녀와 함께 일해 보고 나서는 나의 편견이었음을 깨달았고 그녀의 좋은 점들을 알게 되었다.

일단 일을 처리할 때 혼자 결정하는 일이 없으시다. 중요한 결정을 할 때면 팀원들을 다 불러 모으시고는 의견을 물어보신다. 아무리 어린 사람이라고 해도 발언권을 주시고 그 의견을 존중하신다. "제 생각은 이렇지만 이 사안을 제 생각대로 밀고 나갈 생각은 없어요."라고 자주 말씀하셨다. 그렇게 일을 처리하시는 방법이 좋다.

그리고 누군가 잘못하는 일이 생기면 그 사람을 불러서 따끔하게 이야기하신다. 하지만 그러고 끝내는 것이 아니다. 뒤에 꼭 그 사람을 불러서 마음을 달래주신다. "내가 이렇게 했던 건 이런 부분이 잘못되었다고 생각해서야. 하지만 누구 씨만의 잘못은 아니야. 내가 아까 그랬던 것 때문에 너무 속상해하지 마." 이렇게 다정하게 말씀해주신다. 그래서 혼나고도 그녀에 대해 반감을 가지는 사람은 드물다.

또 마음이 따뜻하신 분이다. 한 번은 내가 직장 내에서 부당한 대우를 받은 일이 있었다. 다른 사람들과 동일하게 업무를 처리했는데 연차가 적다는 이유로 승진 가산점을 받아야 하는 명단에서 빠진 것이다. 사실 직장에서 어린 편에 속하기 때문에 어리다는 이유로 더러운 일을 당하는 일은 나에게 익숙한 것이었다. 내가 속한 직장의 특성일지도 모르겠다. 능력을 가늠하는 것이 불가능한 관계로 연차에 따라서, 나이에 따라서 부당한 대우를 받는 일이 많았다. 그런데 이번 경우는 좀 달랐다. 나에게 부당한 대우를 하고도 아무도 그 일에 대해 일언반구 하나 없었다. 그 일을 처리한 담당자도, 직장의 최고 어른들도 나에게 한 마디 동의를 구하는 말조차 없으셨다. 그때 S부장님이 나를 부르셨다. 나를 부르시고는 눈물지으시며 '네 마음 이해한다. 나도 마음이 너무 아프다.'라고 손을 잡아주셨다. 그것만으로도 힘이 났다.

마지막 주자는 J선배이다. 내가 앞에서 말한 부당한 일을 겪었을 때 유일하게 참지 말라고 말해주신 분이다. 내가 저 일을 겪을 당시 다들 나에게 그렇게 말했다. "더러우니까 참아." "원래 그랬잖아." "더 나아갔다가는 분명 너만 속상해질 거야."라고 말이다. 그분들도 다 나를 걱정해서 말씀해주신 것들이었다. 내가 원래도 유리멘탈이기 때문에 그들 눈에 유리로 바위를 쳤다가 유리만 와장창 깨지는 건 눈에 훤한 일이었을 것이다.

J선배는 달랐다. 나에게 이렇게 말했다.

"네가 딱 정해. 어디까지 싸우고 싶은지 정하고, 네가 그들에게 원하는 것을 정해. 그래서 그들에게 원하는 것을 얻을 때까지만 싸워. 네가 원하는 게 뭐야?"

선배들 말을 듣고 생각해보니 나는 당시 그 승진 가산점을 받는 것 자체를 원한 건 아니었다. 부당한 일을 나에게 동의도 구하지 않고 처리한 담당자와 결정권자로부터의 사과를 원했다. 그리고 앞으로 일을 이렇게 처리하지 않겠다는 약속을 원했다. 그래서 나는 끝까지 싸우기로 결심했고, 결국에는 어른들로부터 사과인 듯 사과 아닌 사과 같은 사과도 받았다. (그 사건의 결과에 대해선 나의 승리라고 말하진 않겠다. '난 호구지만 너네가 생각하는 그 정도까지의 호구는 아니야' 정도의 외침이랄까.)

J선배가 이때만 그런 조언을 해준 건 아니었다. 그녀는 그전부터 나에게 "네가 원하는 일을 하려면 네가 잘 생각해보고 그것에 대해 똑 부러지게 말할 줄 알아야 해. 마냥 착하게 어영부영 있다가는 네가 원하는 것을 못 얻어"와 같은 조언들을 자주 해주었다.

또 J선배는 자기가 생각하는 정의로운 일에는 적극적으로 뛰어들어 싸웠다. 부당한 일은 부당하다고 말하고, 잘못한 일에는 그 상대가 선배이더라도 찾아가서 그건 잘못되었다고 말할 줄 알았다. 그런 점들이 멋있었다.

나는 직장에서 다양한 사람들을 만난다. 수많은 직장 동료들을 만나면서 좋은 어른이란, 좋은 선배란, 좋은 후배란 어떤 사람인지 어렴풋하게 알아가는 중이다. 그들의 좋은 점들을 보고 있노라면 나도 누군가에게 그런 사람이 되어주고 싶은 마음이 든다. 나는 직장에서 일하며 돈을 버는 중이지만 동시에 어른이 되는 방법도 배우고 있는 중이다.

15화

귀여운
수다쟁이의 대화법

본격
직장동료 칭찬하기
세 번째

그를 떠올리면 생각나는 키워드는 '귀여움'과 '수다쟁이'이다. 귀여운 수다쟁이인 그는 나의 전 직장동료였다. 오늘은 그를 칭찬해보려고 한다. 그는 40대의 남성인데 나이보다 훨씬 젊어 보이는 동안 외모를 가지고 있다. 외모도 어려 보이는 편인 데다가 옷도 늘 젊게 입으시기 때문에 한 번에 나이를 가늠하기 어렵다. 걸음걸이도 통통 거리며 걸으셔서 나보다 한참 어른이지만 왠지 귀염둥이 느낌이다.

그와 나는 12살 차이가 난다. 하지만 그와의 대화는 어려움이 없고 늘 즐겁다. 사실 난 직장동료와 이야기하는 것을 그렇게 편하게 생각하는 편은 아니다. 직장동료들과 이야기 나눌 때 재미있고 그들을 좋아하긴 하지만 그렇다고 해서 친구들과 이야기하는 것처럼 마음이 편하지는 않다. 머릿속에서 여러 번의 검열을 하고 그 검열에 통과한 말들만 하게 된다. 이상하고 무례한 말을 할 바에는 차라리 말을 하지 않고 가만히 있는 게 낫다고 생각한다. 그렇게 검열하고도 가끔은 혼자서 '그때 그 말은 하지 말았어야 했는데' 하고 후회한다. 구설수에 오르는 것은 딱 질색이기 때문이다. 또래인 직장동료를 대할 때에도 어렵기만 한데 10살이나 많은 선배를 대할 때면 더욱 조심스럽다. 하지만 띠동갑인 그와 대화할 때는 왜인지 모르게 내 마음속 필터를 잠시 꺼놓고 편하게 이야기하게 된다. 그래서 그의 대화 비결이 더욱 궁금해지는 지점이다. 그래서 그를 생각해보려 한다.

일단 그는 말하는 것을 정말 좋아한다. 어딘가에서 사람들이 이야기하는 소리가 들려 가보면 늘 그는 그 대화에 출석 중이다. 심지어 그 대화를 주도하고 있다. 신기하게도 어느 누구와 대화를 해도 신나게 대화를 한다는 점이다. 자기보다 20살 어린 사람과 이야기할 때도 즐겁고 20살 많은 사람과도 즐겁게 대화를 하신다. 그보다 위아래로도 커버 가능할지도 모르겠다. 이건 정말 나에겐 불가능에 가까운 일이다. 누구와도 쉽게 대화할 수 있는 능력이라니. 엄청난 능력치이다.

그게 가능한 이유는 그에겐 그가 전혀 모르는 분야란 없기

때문인 것 같다. 정말 잡학다식하시다. 어떤 주제를 던지면 그
것과 관련된 경험이 좌르륵, 인터넷 정보가 좌르륵, 정말 뭐든
지 대화할 수 있다. 전자기기를 좋아하는 사람과도, 신발을 좋
아하는 사람과도, 드라마를 좋아하는 사람과도, 역사를 좋아
하는 사람과도 다 이야기가 통한다. 나는 그와 미드로 통했다.
왕좌의 게임 시즌이 공개되고 드라마가 한 편씩 나올 때마다
그와 빨리 이야기하고 싶어 마음이 들썩들썩했었다.

어쨌거나 뭐든지 이야기할 수 있는 능력을 갖춘 데에다가
본인도 이야기하는 것을 엄청 좋아하기 때문에 나 같은 사람
은 대화하는 무리 중에 그가 끼어있으면 왠지 마음이 편하다.
나는 대화를 주도한다기보다 누군가 주도하는 대화에 참여하
는 편인데 혹시나 그 대화가 끊기면 초조하고 무슨 말이든 해
야 할 것 같은 생각이 든다. 그러면 이제 다 같이 아무말 대잔
치 세계로 가게 되는 거지.

그런데 그가 함께 있으면 말이 끊길 염려가 없으니 꼭 내가
대화를 책임지지 않아도 된다는 생각에 홀가분하다. 대화에 책
임의식이 줄어든달까. 남자 친구는 그런 나에게 모든 대화는
참여자 모두 1/n씩의 책임을 가지고 흘러가는데 너는 그 몫보

다 가끔 많은 부담감을 가지고 어렵게 생각하는 것 같다고 이야기해줬다. 맞는 말인 것 같다. 어쨌거나 귀여운 수다쟁이인 그와 함께라면 나는 내 몫의 1/n마저도 그가 가져가 준 것 같아 대화 중에 멍 때리기도 한다.

또 그는 상대방과 대함에 있어 격이 없는 편이다. 이게 내가 그를 좋아하는 이유이다. 아무리 어린 상대라 하더라도 그 상대가 자신에게 격을 갖출 것을 요구하지 않는다. 직장 생활을 하다 보면 어른들 중에선 '후배가 자기한테 이렇게는 해야지' 하는 자신만의 선을 가진 분들이 꽤 있었다.

"후배인 네가 감히 나에게 이렇게 말하다니."(분노)

"후배인 네가 나를 모시러 와야지".(분노) 등등

자기가 선배에게 으레껏 했던 일들을 당연히 후배도 해야 한다고 생각하는 분들이 적지 않았다. 반면 그는 상대방에게 예의 있게 이야기하면서도 상대방이 자신을 어떻게 대해야 한다는 기준을 마음속에 정해두지 않은 것 같았다. 상대방이 선배이건 후배이건 간에 모두에게 똑같이 대했고 그들에겐 요구하는 바가 없었다. 그저 상대방을 상대 자체로 대할 뿐이었다. 그래서 후배들이 편하게 대할 때도 기분 나빠하지 않으시고 늘 즐겁게 받아주셨다. 오히려 그의 그런 점에 후배들이 스스로 그를 존중하고 따르게 되는 듯하다. 격을 요구하지 않으니 오히려 격이 높아진 상황이랄까.

이렇게 쓰고 나니 사람이 그럴 수 있나 싶을 정도로 엄청 대단한 사람 같아 보인다. 그가 나의 이 용비어천가를 들으면 "뭐야. 이 사람이 나한테 왜 그래." 하면서 크게 웃으실 것 같다.

근데 정말 대단한 사람이긴 하다. 그가 어떤 직책을 가졌건 간에 그런 모습만으로도 존경스럽다. 내가 커서(더 커서) 되고 싶은 어른의 모습이다. 일종의 장래희망인 거지. 나도 내가 몇 살이 되건 누구에게도 똑같이 웃으면서 대하는 사람이 되고 싶다. 그렇게 되기 위해 노력할 거다.

하지만 죽었다가 깨어나더라도 그처럼 뭐든지 아무 주제나 재미있게 말할 수 있는 사람은 될 수 없을 것 같다. 그건 능력치가 한참 모자란다.

16화

누군가를
환대하는 마음

본격
직장동료 칭찬하기
네 번째

서현숙 선생님의 '소년을 읽다'라는 책을 읽었다. 국어 선생님이 어떤 기회로 소년원에 가서 국어 수업을 하는 이야기이다. 무시무시할 것만 같은 소년원에서 선생님은 소년들과 함께 책을 읽는다. 선생님은 아이들을 따뜻하게 '환대'했다. 아이들에게 먼저 말 걸어주고 맛있는 것도 챙겨준다. 소년원 아이들이라는 편견 없이 선생님은 아이들을 품어 안는다.

그 환대 속에서 소년들은 책을 열심히 읽고 독서하는 행위 자체도 좋아한다. 범죄 경력이 무색하게도 아이들은 투박하고 순수했다. 나도 이 책을 읽으면서 좋아하는 것이 생긴 아이들의 모습을 보는 것이 즐거웠다.

그러다 책이 좋아진 아이들에게 선생님은 저자와의 만남을 선물한다. 소년들은 저자와의 만남의 행사를 설레하면서 그를

'환대'할 준비를 한다. 손수 질문도 준비하고 선생님이 오는 공간을 꾸몄다. 그들이 선생님께 받은 것처럼 말이다.

누군가를 환대하는 마음은 뭘까. 환대의 사전적 의미는 '반갑게 맞아 후하게 대접함'이라고 한다. 누군가를 반갑게 맞이하는 마음. 생각만 해도 따스하다.

나에게도 '환대'하면 떠오르는 언니가 있다. 늘 나에게 먼저 전화 걸어주고 나를 반겨주는 M언니다. 언니는 나의 입사 동기였다. 우리는 처음 신입 시절을 함께 했다. 그때 우리는 어려운 일이 있으면 서로를 찾았고 기쁜 일도 함께 기뻐했다. 어렵게 들어온 직장이었지만 당시에는 적응도 쉽지 않았다. 하루하루 힘에 부친 둘은 퇴근 후 오두막에 앉아 새로운 진로를 고민하기도 했다.

그 시절 우리는 직장인이라기보단 마치 여고생 같았다. 아침에 같이 기다렸다가 출근하고, 점심 먹고 같이 놀고, 마칠 때도 함께 퇴근했다. 시도 때도 없이 수다떨며 꺄르르거렸다. 우리 나름 치열하게 직장에서 버텨내려는 노력이었지만 다른 선배들이 보기엔 '쟤네 직장에 놀러 왔나?' 싶었을 것 같기도 하다.

그런 시간을 우리는 함께 겪어냈다. 나는 어느덧 직장인 10

년 차가 되었다. 그 시간 동안 우리 둘 다 직장도 옮겼으며 결혼도 했고 언니는 두 아이의 엄마가 되었다. 시간은 많이 흘렀고 우리도 변했다.

내향형 인간에다 전화포비아이기까지 한 나는 누군가에게 먼저 연락하는 법이 잘 없다. 마음은 그렇지 않지만 인간관계에 무심한 편이다. 그래도 사람들과의 관계가 유지되는 건 이 언니처럼 날 먼저 챙겨주는 사람이 있기 때문이다.

언니는 항상 먼저 전화를 걸어 그 시절처럼 반갑게 날 맞이한다. 전화포비아인 나도 그녀와 통화하다 보면 어느새 너무 신나서 침을 튀기면서 말하고 있다. 그때 그 여고생이 된 것만 같다. 상대가 날 반겨주니 마음은 무장해제될 수밖에 없다.

생각해보면 언니는 늘 그랬다. 사람들에게 항상 먼저 밝게 인사하고 손 내밀었다. 그래서 언니를 좋아하는 사람들은 직장에서도 많았다. 낯을 많이 가려 어린아이처럼 언니 뒤에 숨던 나와는 달랐다. 상대를 먼저 따뜻하게 반기는 언니 앞에서 사람들의 마음은 쉽게 열렸다.

'소년이 온다'를 읽고 나서 '환대'라는 단어를 마음속으로 되새겨본다. '환대를 받아본 사람만이 누군가에게 환대를 베풀 수 있다'는 말이 와닿는다. 누군가를 맞이하기 위한 마음이 어떤 것인지 알게 되기 때문이다. 나는 언니에게서 환대의 마음을 배웠다. 나도 이 마음을 부지런히 익혀 누군가를 따스하게 맞아주고 싶다. 그 대상이 누구건 반갑게 맞이해 후하게 베푸는 마음 말이다.

그러면 내가 사람들한테 전화도 하고 먼저 말도 걸어야 하는데 좀 수줍고 많이 귀찮다. 난 많이 멀었긴 하다.

나보다 앞서서
걸어가는 친구들

본격
내 친구들
칭찬하기

우리나라에선 생애 주기에 꼭 해야 할 미션들이 정해진 것만 같다. 대학에 가고 나면 취업을, 취업하고 나면 결혼을, 결혼하고 나면, 출산을 하고 나면 한 명 더?... 그 생애 주기를 따라야 할 것만 같은 압박을 받곤 했다.

특히 이십 대 후반부터는 그 압박이 심해졌다. 정작 가족들은 그렇게 말하지 않았지만 직장동료나 주변 지인들은 '도대체 언제 결혼할 거냐고' 계속 물어댔다. 이십 대 후반 나이에 남자친구도 있는데 결혼을 하지 않는 내가 이해되지 않는 것 같았다. 심지어 어떤 친하지도 않은 사람은 나에게 이기적이라고 했다. 남자친구를 배려하지 않는 행동이라면서. 날 잘 알지도 못하면서 그렇게 말하다니 어이없었다. 물론 일부 맞는 말인 것 같아 더 찔렸다.

그럴수록 난 결혼이 더 하고 싶지 않았다. 나이가 먹었고 남자친구가 있다고 결혼하는 건 아닌 것 같았다. 내 안에 확신이 필요했다. 난 남자친구와 함께 있는 건 좋았고 사랑이라고 생각했지만 그 결혼 생활을 감당할 자신이 없었다. 일평생 누군가와 맞추어 살아간다는 것과 내 살림살이가 생겨난다는 것 말이다. 퇴근하고 내 몸 하나 건사하기 힘든 내가 누군가를 돌보고 무언가 챙길 것이 있는 현실을 감당하기 버거울 것 같았다.

하지만 내 친구들은 달랐다. 그녀들은 나보다 용감했다. 자신들이 선택한 길을 저벅저벅 걸어 나갔다. 그러고는 나에게 '어서 따라와. 괜찮아' 이렇게 용기를 북돋아 주었다.

내 친구 J는 역대급으로 야무진 아이다. 얘의 고등학생 때 모습이 여전히 내 눈에 생생하기만 한데 아주 개구쟁이였다. 지우개 던지기, 내 책상 물건 바닥에 떨어뜨리기 등 하도 귀찮은 장난을 많이 쳐댔다. 열 받았지만 귀여워서 봐줬다. 그때도 자기 일에 있어서는 야무지긴 했었던 것 같다.

그녀의 행보는 대학교부터 아주 당차다. 온갖 대외 행사는 다 도전해보고 해외여행도 학교 돈으로 멋지게 다녔다. 내가 취업하기 전에 좋은 직장에 멋지게 취업에 성공해서 부럽기도 했다. 그런 친구가 몽골에 다녀오더니 결혼을 하겠다고 했다. 결혼에 대한 확신이 들었다고 말했다. 그렇게 결혼해서 둘이 알콩달콩 사는가 싶더니 첫째를 계획했고 지금은 아이를 낳아 잘 살고 있다. 행보가 거침이 없다. 자기가 생각하고 계획한 대로 저벅저벅 나아간다. 온갖 걱정에 두려움에 앞선 난 그 발걸음이 멋지기만 하다.

또 다른 친구 h는 진작부터 잘 살 줄 알았다. 내가 아는 동년배 중에 제일 현명한 아이다. 17살 때도 그랬고 34살인 현재도 그렇게 생각한다.

얘를 만난 건 고등학교 1학년 때였다. 학급에서 온갖 미움을 사고 있던 나에게 손 내밀어 준 친구였다. 그때 난 반장 직책을 맡고 있었다. 리더십이라곤 일도 없는 내가 어영부영 반장직을 떠맡으면서 담임선생님과 친구들의 온갖 원성을 사고 있던 시기였다. 당시에는 심적 고통이 굉장했었다. 학교를 가야하는 아침이 너무 싫었다.

우연한 계기로 얘와 친해지면서 나의 고등학교 시절은 새로운 국면을 맞이한다. 새 친구가 생긴 것이다. 얘와 내가 잘 지내기 시작하니까 나에 대한 주변 아이들의 반응도 달라졌다. 나의 고등학교 생활은 다시 즐거워지기 시작했다.

그런 우여곡절을 거치면서 살펴보니 이 아이는 누구에게도 미움을 사지 않는 아이였다. 미움을 사고 싶지 않았던 나는 그 비결이 궁금했다.

그래서 얘를 자세히 관찰해본 결과 나의 결론은 이랬다. 상대의 입장에서 생각하고 그의 이야기를 잘 들어주는 것, 그 저변에 깔려있는 그를 배려하는 마음. 그게 핵심이었다. 나도 그런 친구의 모습을 조심스레 따라 해보았다. 가끔 이기적이고 심술궂은 마음이 튀어나올 때면 'h라도 이렇게 행동했을까' 떠올렸다. 어린 시절 나의 거울이었다. 친구를 통해 나를 들여다보았다.

그렇게 10년 이상을 함께 해 온 친구가 좋은 사람이 생겼다고 결혼을 하겠다고 말했다. 아마 친구의 지혜로운 점을 남편 분께서는 바로 알아보셨을 것이다. 그렇게 결혼하더니 더 좋다고 말했다. 연애할 때처럼 재밌다고 했다. 난 친구가 결혼한다고 말한 순간부터 꼭 솔직한 결혼 후기를 알려달라고 부탁했었다. 그렇다면 이건 무조건 '믿고 보는' 조언이다.

친구 p는 세상 착한 아이다. 예쁜 얼굴에 친구들한테 다 맞춰주는 착한 심성을 가져 고등학교 다닐 때 누군가는 얘를 천사라고 불렀다. 그런 천사가 지금은 정작 남편이랑 티격태격 친구처럼 살고 있다. 내 모습을 온전히 내보일 수 있는 사람이랑 사는 것. 그것도 꽤나 재밌어 보였다.

이렇게 먼저 나보다 그 길을 걸어본 친구들이 나에게 용기를 줬다. '해보라고, 나쁘지 않다고, 우리가 이렇게 재미나게 헤쳐나가고 있다고' 겁쟁이에 쭈구리인 나는 친구들이 먼저 걸어간 길을 뒤늦게 밟았다.

내가 용기가 나지 않을 때 내 친구들을 바라본다. 그들이 헤쳐나간 길을 멍하니 바라보다가 슬며시 발 담궈 본다. '음. 나쁘지 않군. 애들 말대로 이 나름 즐거운 거였군.'

18화

요가 선생님이
가르쳐 준 것들

**본격
요가 선생님
칭찬하기**

요기! 요가 선생님께서 요가를 하는 사람들을 요기(yogi)라고 한다고 하셨으니 몸은 통나무처럼 뻣뻣하지만 나는 어엿한 6년 차 요기이다. 요가를 배우기 전의 나와 지금의 나는 미묘하게 다른 사람이 되었다. 몸의 유연성은 크게 다르지 않지만 생활이나 생각들이 조금씩은 달라졌다. 다 나에게 요가를 가르쳐주신 선생님 덕분이다.

선생님이 허스키한 목소리로 나를 부르실 때면 나는 스스로를 되돌아보고 다시 한번 동작을 가다듬게 되었다. 선생님의 나이는 나보다 10살 정도 많으시고 숏커트한 머리에 탄력 있는 몸을 가지셨다. 나이 차이가 그렇게 크진 않지만 범접할 수 없는 아우라를 가지신 분이시다. 우아한 카리스마랄까. 그냥 바라만 봐도 멋있지만 그녀의 수업을 들으면 더 존경하게 된다.

내가 그녀의 수업을 좋아하게 된 이유를 생각해보자. 먼저 그녀의 수업은 나에게 몸이란 것을 생각하게 만들었다. 사실 요가를 배우기 전 나는 몸뚱이를 가지고는 있지만 신체 부위 하나하나에 대해 인지를 하지 못하는 상태였다. 걸어야 하니까 팔과 다리를 움직였고 숨은 쉬지만 들숨과 날숨을 제멋대로 나 편한 대로 쉬었다.

처음 요가 수련을 할 때는 몸에 대해 생각하고 자시고 할 것도 없었다. 힘들어서 죽을 것 같았기 때문이다. 나는 요가 수업 50분 동안 내적 언어로 하염없이 욕을 해댔었다. 오늘 운동을 하러 가기로 결정한 오전의 나를 원망하였으며 50번을 후딱 움직여버리지 않는 분침을 미워했다. 선생님이 어찌나 카운팅을 천천히 하시던지 '제발 파이브라고 외쳐주세요. (우리가 동작을 하는 동안 원 투 쓰리 포 파이브 이렇게 수를 세셨다.)'라고 마음속으로 빌었다. 그런데 참 신기하게도 시간이 3개월 정도 지나자 동작이 익숙해졌고 '수리야나마스카라' 세트가 조금은 할 만해졌다.

그때부터 평소 몸을 바라보는 시각이 달라지기 시작했다. 거북목을 하고 책상 앞에 앉아있던 자세를 고쳐 앉게 되었고 라운드형으로 굽어있는 어깨를 펴는 동작을 틈나는 대로 했다. 요가를 배우기 전의 나는 거북목으로 있어도 그것이 거북목인지 인지하지 못하고 있었으며 라운드형 어깨 때문에 어깨가 늘 뭉치는 것도 모르고 어깨가 좁아 보인다면서 좋아했다. 그런데 이제는 몸이 한참 잘못되어 있었다는 사실을 알게 된 것이다. 선생님은 그전부터 요가가 몸에 미치는 영향에 대해 꾸준히 이야기하고 계셨지만 너무 힘들었던 나머지 내 귀에 들리지 않았다.

하지만 몸에 요가가 익숙해지면서 자연스럽게 알게 되었다. 바른 자세가 무엇이고 어떤 방식으로 몸을 움직여야 하는지를 생각해보게 되었다. 손목 하나, 발목 하나도 다 연결되어 있기 때문에 소중히 다 풀어줘야 한다는 단순한 사실들도 새삼스럽게 깨달았다. 이십몇 년 동안 많은 걸 공부한 척하고 살았지만 제일 가까운 내 몸에 대해 생각해 본 바가 거의 없다는 사실이 부끄럽긴 하지만 이제라도 내 몸에 대해 알고 싶어져서 참 다행이다.

두 번째로는 선생님은 못해도 괜찮다고 말해주셨다. 딱 그렇게 말씀해주신 건 아니었지만 내 귀엔 그렇게 들렸다. 선생님은 자신의 몸에 맞게 하는 요가가 중요하다고 늘 말씀하셨다. 계속 말해왔지만 나는 정말 뻣뻣하고 몸치이다. 그래도 살면서 여러 운동에 도전은 해보았는데 항상 운동을 포기하는 이유가 내가 너무 못해서였다. 스쿼시를 배울 땐 스쿼시 선생님이 여러 번 가르쳐줘도 못하는 나를 너무 답답해했었다. 나는 돈 내고 배우는 데도 답답함의 대상이 된 것에 열 받아서 포기했었다. 배드민턴을 배울 때에도 내가 배드민턴 선생님의 서브를 한 번도 쳐내지 못하는 모습을 회원 모두 다 함께 바라보고 있는 게 부끄러워서 그만뒀다. 못하는 것도 창피한데 못하는 날 바라보는 선생님의 시선이나 다른 회원들의 시선이 '허접한 완벽주의자'인 나에게는 참기 어려운 것들이었다. (내가 생각하는 '허접한 완벽주의자'란 완벽하게 해내고 싶어 하지만 마음처럼 완벽하게 해내진 못하고 내가 못 해낸 그 상황을 견디지 못하는 사람이다. 예를 들어 공책에 예쁘게 정리하고 싶은데 한 줄을 망치면 다 찢어버리고 그 공책을 안 써버리는 사람 같은 거랄까.)

그런데 선생님의 요가 수업은 달랐다. 선생님이 자기 수준에 맞게 하라고 먼저 말씀해주셨다. 그날 컨디션에 따라 몸의 움직임이 다를 수 있다고도 말해주셨다. 그래서 고난도 동작이 힘들면 더 나아가지 않고 멈출 수 있었다. 그 자세를 하지 못하는 것은 부끄러운 일이 아니었다. 사람의 몸이 다 다르게 생겼고 그날 컨디션에 따라 다르기 때문이라고 배웠기 때문이다.

아! 동작을 수련하는 것이 엄청 힘들었던 것도 다른 사람을 신경 쓰지 않을 수 있는 요인 중의 하나였다. 동작들을 유지하는 것도 죽을 만큼 힘든데 남이 잘하고 못하고를 신경 쓸 겨를이 어딨냐고. 그래서 시선이 남에게서 나에게 맞출 수 있게 되었다. 그리고 오래 배울 수 있었다. 그 수업에서만큼은 남에게 내가 어떻게 보이는지 신경 쓰이지 않았고 내가, 내 몸이 더 중요했다. 얼마나 내가 변화했는지가 나의 주요한 관심사가 되었다. 그렇게 인식할 수 있게 된 건 선생님의 가르침이 선행되었기 때문이라고 생각한다.

마지막으로 그녀가 '가르치는 일'을 바라보는 시선이 좋았다. 선생님은 항상 여러분이 계셔주셔서 너무 감사하다고 했다. 어느 날 하루는 "여러분이 저와 함께 수련해주셔서 그것이 제가 수업을 준비하는 원동력이 됩니다. 여러분 덕분에 제가 더 열심히 하고 싶어집니다."라고 말씀하셨고 어느 날은 "여러분과 수업을 하면서 제가 더 배우게 됩니다."라고 말씀하셨다.

말만 그렇게 하시는 것이 아니라 그 말씀처럼 수업을 준비하신다. 월요일에는 찌뿌둥한 몸을 풀 수 있는 동작을 준비하셨고 금요일에는 주말에 운동을 못하니까 조금은 타이트하게 동작을 준비하셨다. 새로운 요가 방법을 배우고 도입하는 것도 게을리하지 않으셨다. 덕분에 새로운 방식의 역동적인 요가나 음악을 활용한 요가도 접해볼 수 있었다. 그러면서도 전통 요가의 중요함도 늘 강조하셨다. 그녀의 수업에 대한 열정 덕분에 오랫동안 수련을 했지만 지겹지 않았고 다음 수업이 더욱 기대되었다.

그녀는 몸을 움직이는 것을 가르쳤지만 나는 오히려 그 수업에서 정신적인 것들을 많이 배웠다. 수련이 끝날 때마다 해주시는 말씀들 덕분에 어떤 날은 힘든 하루를 위로받았고 어떤 날은 깨달음이 있었다. 누군가를 가르친다는 일이 무엇일까에 대해 더욱 진지하게 생각해보게 되었다. 그 말씀들은 전형적이지 않았고 선생님의 진심이 묻어나 있었다. 아마도 선생님이 하루하루 수업을 소중하게 생각해주신 덕분이었다.

어쨌거나 그녀 덕분에 나는 요가를 포기하지 않고 '요기'로 재탄생하게 되었고 횡단보도에서도 가만히 서있지 않고 무슨 동작을 해볼까 고민하는 웃긴 애가 되었다. 요가를 배우기 전의 나와 배운 후 나는 그런 식으로 달라졌다. 또 난 그렇게 달라진 내가 더 마음에 든다.

19화

나의 달리기 선생님을
소개합니다

본격
달리기 코치
칭찬하기

코로나19가 우리의 일상을 멈춰버리기 전까지 나는 매일 달리기를 하고 있었다. 이렇게 말하면 달리기를 굉장히 잘하는 사람처럼 보이지만 사실 실제로 달린 건 2주 정도에 불과하다. '쪼렙(낮은 레벨)'이란 뜻이다. 달리기에 재미를 붙일 만할 때쯤 코로나19가 터졌고 지금의 나는 그전과 같이 나무늘보처럼 생활하고 있다.

달리기를 시작한 건 순전히 호기심 때문이었다. 나는 이슬아의 책을 매우 좋아하는데 책 속 그녀는 달리기와 물구나무서기를 꾸준히 하고 있다고 했다. '하루에 5km 정도는 거뜬히 달리는 삶은 어떨까' 하는 평소답지 않은 궁금증이 생겼다. 나는 앱스토어에서 '나이키 런 클럽'이라는 어플을 깔았다. 그리고 앱스토어에서 나의 달리기 선생님을 만나게 되었다.

내가 아무리 나무늘보처럼 산다고 해서 내가 처음 달리기를 시작해본 건 아니었다. 나는 취업을 준비할 때 매일 같이 한강을 달린 적이 있었다. 나는 당시 많이 지쳐있었고 앞이 막막했다. 새로운 활력이 필요했다.

그런데 누군가가 나에게 함께 마라톤 대회에 나가보지 않겠냐고 제안했고 나는 그게 나에게 변화를 줄 수 있는 일이라고 생각했다. 마라톤 대회에서 갑자기 8km를 달리면 몸살 날 것 같아 마라톤 대회 2주 전부터 꾸준히 달려보았다. 참 많은 생각이 드는 달리기였다. 긴 달리기 동안 끝이 보이지 않았고 숨이 목 끝까지 차오른 기분이었다. 그게 당시에는 내 삶과 비슷하다고 느꼈다. 그렇게 준비하고는 마라톤 대회에 나가서 어영부영 완주를 해냈다. 그 뒤로는 달리지 않았다. 별로 달리고 싶지 않았다.

다시 현재로 돌아오자면, 이 나이키 런 클럽 어플 안에는 여러 가지 달리기 프로그램이 있다. 러닝 가이드라는 것인데 달리는 용도에 맞게 가이드를 해주는 프로그램이었다. 처음 달리기를 시작한 사람을 위한 프로그램부터 빠르게 달리기, 장거리 달리기까지 다양한 코스가 있었다. 나는 어서 이 어플을 사용

해보고 싶은 마음에 달리기 어플을 받은 다음 날 바로 집 밖을 뛰쳐나갔다.

'처음 달리기(First run)' 프로그램을 들으면서 어플 속 그녀를 만났다. 그녀는 자신을 아이린 코치라고 소개했다. 선생님은 처음 자신을 소개하고는 빠르게 사라졌다. 그다음부터 나는 침묵 속에서 혼자 달렸다. 약간 고독한 기분이 들었고 세상과 단절된 것 같았던 예전 생각이 났다. 왠지 울적해져서 그만 달리고 싶어졌다.

그런데 선생님은 내가 힘들어서 '그만 뛰고 걸을까' 하는 마음이 들 때마다 나타났다. "짠! 제가 돌아왔어요" 하면서. 그만 달리고 싶을 때마다 선생님이 돌아왔기 때문에 달리기를 멈출 수가 없었다. 이렇게 모범생이라니. 나는 그렇게 20분을 완주하고 말았다. 완주를 하고 나니 힘들었던 기분은 어디론가 가버리고 그 성취감에 취해 또 달리고 싶어졌다. 그렇게 2주간 매일같이 달리게 된 것이다.

내가 달리기를 매일 하게 된 것에는 선생님의 공이 매우 컸다. 선생님은 돌아올 때마다 나를 칭찬해주었다. 달리기로 결심한 것 자체로도 대단한 거라고. 여러분은 그 어려운 걸 해낸

거라고. 포기하지 말라고.

　그 칭찬은 꼭 달리기에 국한된 것 같지는 않았다. 나 자체로 그렇게 인정받는 느낌이 들었다. 내가 하고 있는 여러 가지 일들에 대해 누군가 알아주는 것 같았다.

　'네가 하고 있는 일이 그렇게 어려운 거였다고. 그 일들을 잘하고 있건 아니건 네가 시도하는 것만으로도 대단한 거라고.'

　그녀의 말들을 들을 때면 선생님과 함께 어디까지라도 달릴 수 있을 것 같은 기분이 들었다. 선생님의 그 칭찬이 듣고 싶어 매일 달렸고 그 다음 날에도, 그 다음 날에도 달렸다. 그렇게 달리기에 재미를 붙이고 나서는 예전의 우울한 느낌은 사그라들었고 왠지 모를 상쾌함이 밀려왔다.

　어느 날은 동네 빵집을 향해서 달렸고 20분 달리기 끝에 까눌레 하나를 사 먹었다. '20분을 달렸으니 이 정도 먹어도 되겠지' 하며 까눌레 하나를 입에 물었다. 딱딱하고도 폭신한 까눌레를 입에 무는 순간 세상을 다 가진 느낌이었다. 달콤한 달리기의 맛이었다.

이름도 얼굴도 모를 제자가 먼 곳에서 달리기를 하고 있다는 사실을 나의 선생님은 모르시겠지만, 그녀의 따뜻한 코치 덕분에 이 재미를 알게 되었다. 코로나가 잠잠해질 때 즈음 다시 밖으로 뛰어나가 빵집을 향해 달려보고 싶다. 긁적. 꼭 빵집을 가고 싶어서 이러는 건 아니다.

너가
내게 다가와
꽃이 되는 패러다임

20화

그들은 그렇게
사랑하며 살아간다

본격
<자기 앞의 생>
칭찬하기

내가 유독 좋아하는 스토리가 있다. 어딘가는 못나고 부족한 사람들이 서로에게 의지하며 살아가는 그런 이야기이다. 재벌 3세라든지 CEO라든지 누가 봐도 잘나고 멋진 삶을 살아가는 사람들의 드라마는 재미가 없다. 그냥 둘러보면 주변에 있을 것 같은 사람들의 소소한 이야기에 마음이 끌린다. 그런 의미에서 에밀 아자르의 〈자기 앞의 생〉이라는 책이 참 소중하다.

이 글의 주인공 모모는 로자 아줌마와 함께 살고 있다. 모모는 어려서부터 아줌마의 손에서 자랐기 때문에 엄마가 없다는 사실도 몰랐고 엄마가 있어야 한다는 사실도 모르고 자랐다. 모모가 사랑하는 아줌마는 폴란드 태생 유태인으로 오래 전에 독일 유태인 수용소에서 탈출했다. 그 뒤부터는 생계를 위해 몸을 팔고 살았고 나이가 들면서는 아이들을 맡아서 키우는 일을 하며 살아간다. 모모는 그런 아줌마를 사랑한다.

그뿐 아니라 모모는 그 동네에 사는 사람들을 사랑한다. 아래층 사는 하밀 할아버지도, 오층에 사는 트랜스젠더 롤라 아줌마도 말이다. 세상의 시선으로 냉정하게 바라보면 안타깝고 쓸쓸한 사람들에 불과한데 모모의 시선으로 그들을 자세히 바라보면 참 따뜻하고 특별한 사람들이다.

그런 모모 앞에 비극은 어김없이 찾아온다. 모모가 그리 사랑하는 로자 아줌마의 몸이 점점 안 좋아지게 된 것이다. 그녀는 이따금 정신을 잃기도 하고 혼수상태에 빠지기도 했다.

하지만 모모는 그녀의 곁을 지킨다. 아무리 그녀에게서 고약한 냄새가 나도, 그녀가 정신을 잃고 소리를 지르고 욕을 퍼부어도 말이다. 그녀의 곁이야말로 자기가 있어야 할 곳이라고 생각했기 때문이다. 그렇게 모모는 아줌마의 생의 끝까지 그녀와 함께한다.

이 책을 읽을 때면 산다는 것의 의미를 생각하게 된다. 사실 나는 그렇게 거창한 것에 대해 생각하는 것을 조금 귀찮아하는 사람이지만 말이다. 모모는 답을 알고 있는 것 같다. 잘나고 멋진 사람을 사랑하는 것이 아니라 못나고 어딘가는 부족한 사람임에도 그 사람을 사랑하는 것. 그렇게 내 주변의 사람들을 특별한 눈으로 바라보고 사랑하는 것만이 나에게 주어진 삶의 의미가 아닐까. 이 거친 세상에서 큰 획 하나 긋지 못한다 하더라도 사랑하며 살아간다는 것만으로도.

그래서 이 책의 마지막 문장은 "사랑해야 한다."인가 보다. 자신이 사랑하는 사람들을 특별한 눈으로 바라보는 모모의 눈을 닮고 싶다.

21화

내가 요즘
가장 좋아하는 책

**본격
이슬아
칭찬하기**

요즘 내가 가장 좋아하는 작가를 꼽자면 단연코 이슬아이다. 이슬아의 글을 읽으면 그 일상이 너무 생생해서 그녀와 내가 아주 가까운 사이인 것처럼 느껴진다. 그녀가 말하듯이 그 이야기들은 '웅픽션(논픽션과 픽션 사이 애매한 픽션)'이지만 내가 아는 누군가의 일상을 실제로 들여다보는 듯해서 흥미롭다. 그녀의 책을 읽고 있으면 어렸을 때 즐겨 보았던 '웬만해선 그들을 막을 수 없다'라는 시트콤을 하루 종일 보고있는 느낌이 든다. 나 혼자 웃었다가 미소지었다가 고개를 끄덕였다가 박수도 치고 내가 표현할 수 있는 모든 건 다한다. 그래서 그녀의 책 속 에피소드들을 절대 한번에 다 읽지 않으려고 노력한다. 그것도 애써야만 할 수 있는 일이다. 재미있어서 계속 읽고 싶으니까. 하루에 몇 장씩만 읽으려고 아낀다.

그래서 엄마한테도 소개해줬다. 우리는 요즘 코로나19로 인해 집에서 같이 논다. 엄마는 하루만에 그 책을 다 읽어버렸다. 다 읽고 나더니 "재밌는데, 너랑 비슷한 애네"라고 단순하게 말하고 책을 돌려주었다. 아... 이 '섭섭함'은 뭐지. 그게 아니란 말이다. 이슬아의 문장은 재미로만 끝나지 않는단 말이야. 문장이 곱씹을수록 마음에 더 와닿는 단말이야. 그런 것들을 몰라줘서 서운했다.

그래서 내가 택한 방법은 다른 사람들이 이슬아의 글을 읽고 나서 쓴 감상문을 읽는 것이다. 알라딘의 책 서평도 읽고, 포털 사이트에 이슬아를 검색해보고, 헤엄출판사에 들어가서 그녀의 글을 더 읽어보고, 그러면서 사람들의 반응을 살핀다. '거봐 맞지? 역시 그녀의 글을 읽은 사람들은 다 이렇게 느끼는군, 역시 이 맛을 모를리 없어!' 하면서 상대방은 모를 '상호작용'을 하고 혼자 뿌듯해했다. 그리고 혼자 웃음짓다가 슬며시 잠든다.

또 나에게 이슬아의 글이 특별하게 느껴진 건, 그녀의 글은 사람들로 하여금 글을 쓰고 싶게 만든다는 점이다. 그 일상이 너무도 생생하고 즐거워서 나도 역시 그런 글을 쓸 수 있을 것만 같은 자신감을 준다. 나에게 있었던 재미난 일상도 그렇게 글로 쓸 수 있을 것만 같은 마음. 그런 마음은 나뿐만이 아닌가 보다. 그녀의 글 중 어떤 아주머니께서도 자신도 오랫동안 일기를 써왔다고 하면서 자신의 일기를 헤엄출판사(이슬아가 운영하는 출판사)에서 출간하고 싶다며 전화를 걸었던 에피소드가 있었다. 그 글을 보고 깔깔 웃었는데 그건 그 아주머니의 마음에 백 번 공감해서였다.

나는 많은 사람들이 글을 쓰게 되면 좋겠다고 생각한다. 나역시도 글을 꾸준히 쓰려고 노력하고 있는 중이다. 글을 쓰다 보면 생각이 정리될 때가 많고, 하루 종일 이런저런 감정으로 요동치던 마음에 평화가 찾아오기도 한다. 그래서 다들 글을 쓰며 행복해졌으면 좋겠다.

하지만 어떤 글을 읽을 땐 멋진 문장이긴 하지만 내가 도저히 그렇게 쓸 수 있을 것이라는 생각이 들지 않는다. 나랑 다른 사람이라는 느낌이 든달까. '작가는 나랑 다른 종류의 존재이구나' 하며 실망하게 되는 순간도 있다. 하지만 이슬아의 글은 나의 손을 움직이게 만든다. 친구의 이야기를 들은 것처럼 공감하게 하고 나의 일상도 이야기해주고 싶어진다. 그건 이슬아의 글이 가진 힘이다.

22화

글을 올리는 것이
두려워졌다

본격
<스토너>
칭찬하기

처음은 그리 어렵지 않았다. 글을 써보기로 마음을 먹고서 바로 브런치에 글을 써보았다. 엄마에 대해 글을 쓰고는 혼자 히죽히죽 웃었다. 그렇게 두 편의 글을 쓰고는 작가 신청을 했고 브런치에 글을 쓸 수 있다는 메일을 받았다. 기분이 좋았고 그날로 글을 조금씩 올려보았다. 하루에 대략 20명 정도의 조회수가 있었다. 사람들이 어떻게 내 글을 찾아서 본 건지 궁금했다. 2-3번의 라이킷(좋아요)도 있었다. 글을 재밌게 읽어주셔서 감사했다. 스무 명이나 되는 분들이 내 글을 읽는다는 게 황송할 따름이었다. 글을 올리기 전과 후의 나는 달라져 있었다. 글을 올리기 전으로는 돌아갈 수 없을 것 같은 기분이었다. 뿌듯했고 성취감이 있었다.

　문제는 어제였다. 어제도 글을 쓰려고 브런치에 접속했다. 지난주에 글을 쓴 이후로 매일 통계를 보고 있다. 숫자가 중요하진 않지만 사람들이 내 글에 들어오게 된 경로가 궁금했고 내 글 중 어떤 글을 좋아하는지 보는 게 재미있어서였다. 나는 통계를 보기 전에 살짝 마음의 준비를 하는 편이다. '조회수가 적어도 상처 받지 말자' '한 분이라도 글을 읽어주시는 게 얼마나 감사한 일이야' 스스로를 다독이며 화면을 보았다. 슈퍼 쫄보이기 때문에 나에게 꼭 필요한 과정이다.

그런데 어제 오후 다섯 시의 조회수는 500이 넘어있었다. 오잉?!?!?????? 오 백이라니?!! 나는 이번 주에 계속 20명 정도의 조회수를 유지하고 있었는데 50도 아니고 500명이 내 글을 봤다고? 믿을 수가 없어서 여러 번 확인했다. 도대체 무슨 일이 일어난 거지?

그때부터였다. 나는 슈퍼 관종병에 걸려 한 시간에 한 번씩 어플로 통계를 확인했다. 통계 속 숫자들이 계속해서 늘어나는 게 문제였다. 한 번씩 들어갈 때마다 백 단위가 달라져 있으니 집착하지 않을 수 없었다.

그렇게 브런치에 많이 접속하다 보니 접속할 때마다 다른 분들의 글을 유심히 읽어보게 되었다. '아... 이렇게 잘 읽히는 글도 있는데...', '이렇게 생생하고 재밌을 수도 있는데... 내 글은 뭐지?' 이런 생각이 슬금슬금 머릿속을 지배해나갔다. 다른 작가들의 필력에 스스로 작아져갔고, 내 첫 번째 글의 조회수가 올라가는 만큼 앞으로는 어떤 글을 써야 할지가 부담스러워졌다. 글을 쓰는 게 두려워지기 시작했다. 무언가 약이 필요했다. 담담해지고 차분해질 필요가 있다. 슈퍼 관종병과 두려움을 치료해줄 만한 치료제! 아! 그 책이다!

곧장 책상으로 갔다. 존 윌리엄스의 〈스토너〉를 꺼내 들었다. 이 책을 읽어야겠다. 일생을 묵묵하게 자신의 길을 걸어간 그 사람을 지금 만나야겠다. 그 사람은 이 책의 주인공 스토너이다. 스토너는 농부의 아들로 태어나 아버지의 권유로 대학에 들어가게 된다. 농사일을 더 배우기 위해 들어간 대학에서 자신의 영혼을 일깨우는 스승인 아처 슬론을 만나게 되고 문학의 재미에 푹 빠지게 된다. 그리고 쭉 일평생을 문학도이자 문학 선생님으로서의 길을 걸어간다. 그렇게 한 평생을 살아간 한 남자의 이야기이다. 큰 사건은 없다. 엄청난 학자가 되거나 절절한 사랑을 이루거나 크게 어려움을 겪거나 크게 성공하지 않았다. 스토너는 그저 묵묵하게 자신의 길을 알고 그 방향으로 걸어간다. 정말 아무 일이 없었던 건 아니다. 두 친구를 만났고, 첫눈에 반해 결혼하게 된 아내를 만났고, 그녀와 갈등을 빚었고, 사랑하는 딸인 그레이스를 만났고, 사랑을 알게 해 준 캐서린을 만났다. 그는 작고 많은 일을 겪어가며 일생을 살았다. 스토너가 그렇게 살아가는 모습이 아빠 같았고 나 같았고 내 친구들 같기도 했다.

어렸을 때는 내가 엄청난 사람이 될 줄 알았다. 더 어렸을 때는 공주가 될 줄 알았고, 티비에 나오는 사람이 될 줄 알았고, 드라마에 나오는 화려한 삶을 살게 될 것 같았다. 하지만 나이를 먹어가면서, 산다는 건 내가 그렇게 중요하지 않은 사람인 것을 깨닫게 되는 과정인 것만 같았다. 세상 속에서 나는 굉장히 작았고 당장 내일 없어져도 모를 만한 작은 부분이었다. 그렇다고 해서 뚜렷한 업적이 없는 삶은 아무런 의미가 없을까. 그렇게 생각하고 싶지 않다. 비록 나는 보잘것없지만 내 주변 사람들에게 나는 중요한 사람이고 나는 내가 일하는 분야의 일원이다. 크고 화려한 업적이 없더라도 그것만으로도 살아가는 것에 대한 이유가 되지 않을까. 모든 삶은 그 나름의 길이 있고 의미가 있다고 생각한다. 스토너와 같이 묵묵히 자신의 길을 걸어간 사람의 뒷모습은 아름답다.

얼마 전 '유 퀴즈 온 더 블록'이라는 프로그램을 보았다. 부부가 함께 초등학교 앞에서 문방구를 운영하셨는데 함께 운영하시던 할아버지가 돌아가셨다. 그 할아버지께 초등학교 학생들이 남긴 메시지가 인상적이었다.

제작진, "죽는다는 건 어떤 느낌이에요?"
학생들, "자기가 땅에서 할 일을 다 한 거요."
제작진, "그러면 할아버지는 그 할 일을 다 하신 것 같아요?"
학생들, "네. 충분히 하셨어요."

아. 단순하면서도 정답이다 싶었다. 스토너는 그렇게 살아간 사람이다. 차분하고 조용하게, 땅에서 자기가 할 일을 다하고 살아 간 사람. 우리도 다르지 않다. 사는 모습은 각자 다르지만 우리는 누구나 스토너이다. 나도 스토너가 되기 위해 작은 변수에 날뛰지 않고 다시 묵묵하게 걸어가도록 노력해야겠다. 하지만 당분간 조회수를 계속 쳐다보는 건 멈추지 못할 것 같다. 아! 모자란 글을 읽어주셔서 참 감사합니다.

23화

나와 함께
걸어온 밴드

본격
브로콜리 너마저
칭찬하기

슬픈 소식을 들었다. 브로콜리 너마저의 기타리스트 향기님이 탈퇴한다는 소식이었다. 나는 놀라서 10초 정도 가만히 멈췄다. 나로서는 예상해 본 적 없는 일이었다. 마치 무한도전이 마지막을 고했을 때와 비슷한 느낌이었다. 걸 크러쉬 향기 님이, 브로콜리 너마저 공연에서 티셔츠를 홍보하며 웃으시던 향기 님이 이제 더 이상 함께 할 수 없다니. 그러고는 브로콜리 너마저가 나와 함께 한 시간을 생각해보았다.

나는 2008년 고3이던 그때 그들을 처음 알게 되었다. 나에게 신문물을 접해준 사람은 오빠였다. 당시 난 내 음악 취향이라곤 전혀 없었던, 벅스 차트 100만 듣던 쪼무래기였는데 오빠가 내게 오더니 브로콜리 너마저 1집 앨범을 건네주었다. "야. 이거 들어봐." 귀여운 아기 얼굴이 담긴 앨범 표지의 그 앨범이었다. 나는 왠지 그 아이가 이어폰을 끼고 앨범 속 노래를 들으며 퐁퐁 위를 뛰고 있을 것 같다고 생각했고 그 느낌이 좋았다. 그래서 지금으로선 그때 그 시절의 문물이라고 말할 수 있는 CD플레이어로 노래를 들었다. '앵콜요청금지'라는 노래가 좋았다. 더 이상 끝나버린 노래를 할 수 없다는 그 가사를 오랫동안 생각했었다. 모두가 나에게 바라고 있고 나도 조금은 설레지만 그 노래를 더 이상 부를 수 없다는 그 마음이 알 것 같으면서도 오묘하게 느껴졌었다. 그 오묘함이 또 좋았다.

아! 그리고 이 앨범을 알게 되고 특히 좋았던 건 친구들이 모르는 나만 알고 있는 세계가 생긴 것 같다는 거였다. '너네 다 벅스 차트 100만 듣지? 난 브로콜리 너마저 듣는다!' 지금 생각하면 부끄럽지만 그런 허세가 생겨버렸다. 1집은 정말 많이 들었다. 명반이라 생각한다.

그리고 2009년 드디어 나는 대학을 가게 된다. 2009년 새내기 시절은 참 다사다난했다. 술 먹고 대학교 앞을 기어 다니기 일쑤였고 동기였던 친구들과 그렇게 몰려다니며 놀았다. 당시 우리의 아침인사는 "어젯밤도 학교 앞 청소 네가 다 했냐?"였다. 그렇게 다들 학교 앞을 기어 다니며 제 옷으로 학교 청소

를 해댔다. 일종의 애교심인 거지. 그때는 그 시절이 4년 동안
쭉 이어질 것 같았다. 하지만 그건 나의 착각이었다. 그 시절은
딱 그 1년뿐이었다.

점점 학년이 올라갈수록 우리는 스펙 준비며 시험 준비며
서로 바빠졌고 학교 앞을 기는 날은 손에 꼽힐 정도가 되었다.
왜 그랬는지 모르겠지만 고학년이 되자 나는 매일 밤새고 놀고
하는 게 더 이상 힘들다고 생각하게 되었다. 고작 스무세네 살
이었는데 내가 꽤 늙은 줄 알고 '애들이나 저러는 거지' 하며 피
곤해했었다. 지금 생각하면 그렇게 애기일 수가 없는데 그것도
모르고. 그래서 나는 '2009년의 우리들'이라는 노래가 내 노래
처럼 느껴진다. 2009년 그 해맑고 신나기만 했던 시절에 대한
그리움이, 그때 여러 가지 비밀스러웠던 감정들이 그 노래를 들
으면 생각난다. 지금도 출근길에 자주 듣는데 다시 돌아올 수
없는 그때 그 마음들이 그리워 아련하기만 하다.

그리고 2012년 나는 4학년이었고 취업을 앞두고 있었다. 당
시의 나는 취업하기 위해 시험을 준비하고 있었고 나의 미래에
대한 두려움이 컸다. 캄캄한 길을 홀로 걷고 있는 느낌이었다.
그때 난 가족도 없는 도시에서 혼자 공부를 하고 있었다. 학교

친구들도 다들 제 갈 길을 찾아 휴학하고 취업 준비하며 바빠졌다. 그저 아침에 일어나 독서실 가서 하루 종일 공부하고 밤 늦게 돌아오는 일상의 반복이었고 시간이 지나면서 그 일상에 대한 확신도 옅어졌다. 누가 한 대 툭 치면 울 것 같은 사람이었다.

하루는 고향 친구가 취업했다고 카톡이 왔었다. 당연히 기뻤고 친구가 잘되어서 좋았지만 눈물이 났다. 왠지 모를 박탈감에 독서실에서 돌아오는 길에 혼자 질질 울었다. 친구가 잘된 건데 우는 그 모습이 나 스스로 싫어져 더 울었다. 그런 날들이었다. 그때 브로콜리 너마저의 '잔인한 사월'은 내 뼈를 때리는 노래였다.

거짓말 같던 사월의 첫날 모두가 제자리로 돌아가고 있는데
왠지 나만 여기 혼자 남아 가야 할 곳을 모르고 있네
나 뭔가 있을 거라 생각했지만 아무것도 없는 나의 지금은
깊어만 가는 잔인한 계절

이 노랜 당시 구구절절 내 뼈를 그렇게 때렸었다. 그때 난

아이폰4에 브로콜리 앨범 노래 파일을 아이튠즈로 넣어 듣고 다녔었다.

브로콜리 너마저가 3집을 낸 2019년 나는 이미 직장인 6년 차가 되어있었다. 아직 쪼무래기이긴 하다. 이젠 친구 중 누군 가는 결혼을 했고 또 누군가는 자기 집을 샀다. 친구들의 삶이 점점 달라지고 있음을 느끼는 나날이다. 우리는 너와 내가 다를 바 없이 비슷한 모습으로 살고 있었는데 그런 것들이 변화하고 있음이 느껴진다. 이제 각자의 삶이 생겼고 그 삶의 모습은 확연히 다르진 않지만 조금씩 차이가 나기 시작한다. 더 크고 나면 우리가 더 많이 달라질 것 같아서 그것도 두렵다.

어렸을 때 난 부모님이 집 때문에 허리띠를 졸라매는 모습이 별로였다. '빚을 먼저 갚아야지' 하시며 여행도 자주 못 가고 외식도 정말 기쁜 날만 하는 게 멋지지 않다고 생각했다. 작은 집에 살더라도 인생을 즐기면서 사는 게 쿨하다고 생각했었다. 그렇다면 지금의 나도 그렇게 생각하느냐. 물론 여전히 작은 집에 살면서 인생을 즐기는 것이 좋다. 꼭 큰 집을 가지고 싶은 건 아니다.

근데 그 작은 집이 도시의 변두리가 아니었으면 좋겠다. 집이 조금 작더라도 번화가와 가까웠으면 좋겠고 대형마트랑 가까웠으면 좋겠다. 주변에 걸어 다니면 예쁜 카페가 몇 군데 있었으면 좋겠다. 그런데 대형마트와 가깝고 주변에 예쁜 카페가 많은 동네의 작은 집은 내가 살 수 없는 가격이다. 사실 변두리의 작은 집도 빚을 내야 살 수 있다. 허리띠를 조를 수밖에 없는 거지. 매일 일하는 게 싫다. 가끔씩 취미로 일하면 좋겠다. 노는 데 따박따박 월세가 나오는 건물주가 부럽다.

그렇게 자본주의에 젖어버린 나에게 브로콜리 3집 '속물들'은 바로 뼈를 때려버렸다. "그래 우리는 속물들"로 시작하는 그 노래도 취준생 때 그들의 노래가 나의 뼈를 강타했던 것처럼 역시 현재 나의 뼈를 툭툭 친다. 그렇게 뼈를 맞고는 이내 '브로콜리 너마저도 속물이라는데 나라고 별수 있겠어' 하며 웃으며 차 안 블루투스 장치로 노래를 들으며 출근한다.

그렇게 난 오랜 시간 브로콜리 너마저와 성장해왔다. 그래서 나에게 그들의 노래는 특별하다. 대학 시절 그들의 노래를 노래방에서 불렀고 취준생 시절 그들의 노래로 울었고 지금은 그들이 여전히 곁에 있어줘서 고맙다. 향기 님의 탈퇴 소식은 나와 그 시절을 함께 공유한 것만 같은 사람이 그 자리에 더 이상 함께 하지 못한다는 점에서 속상했다. 난 아직 어려서 그런지 작은 이별에도 익숙해지지 못했다. 어떤 만남이건 함께 있었던 그 공간과 시간에, 함께 있었던 그 사람들이 더 이상 함께 할 수 없음은 받아들이기가 버겁다.

그래도 향기 님의 섬세하면서 특별한 기타 소리를 또 어디에선가 들을 수 있을 것이라고 믿는다. 그리고 브로콜리 너마저의 노래들이 더 오랫동안 나의 일상과 함께 해줬으면 좋겠다. 나를 떠난 건 해리포터와 무한도전으로도 족하다.

24화

스스로 행복을
만드는 방법

**본격
인간극장 주인공
칭찬하기**

느닷없이 인생의 선생님을 마주치게 될 줄이야. 그날은 정말 심심했던 날이었다. 나는 티비 앞에 앉아 리모컨으로 채널을 하염없이 돌리고 있었다. 그러다가 인간극장 재방송에서 환하게 웃고 있는 그녀를 만나게 되었다. 그녀의 환한 미소가 채널을 멈추게 했다.

그녀는 인도네시아에서 온 마리라고 했다. 마리는 한국으로 시집오면서 함평에 살게 되었다. 그녀는 그곳에서 청각장애를 가진 남편과 시어머니 그리고 아이들과 함께 살고 있다. 그녀를 한 번도 보지 못한 사람이 그녀가 가진 조건만 들었을 때는 그녀의 삶은 안타까울 수도 있겠다. 자신이 함께 살던 가족이 사는 곳과 아주 멀리 떨어진 시골 마을에, 아는 사람 한 명 없이, 남편만 보고 결혼했지만 남편의 장애로 남편과의 소통이 원활하진 않은 그녀의 상황. 하지만 그녀의 표정을 보면 누구도 그렇게 쉽게 말하지 못할 것 같다. 방송 속 그녀는 그 누구보다 행복하게 웃고 있었다. 절망에 빠질 수도 있는 상황 속에서 그녀는 스스로 행복을 만들어내고 있었다.

궁금했다. 무엇이 그녀를 저렇게 만들었을까. 그녀보다 좋은 환경에서 살고 있는 이들도 매사에 쉽게 불평불만을 터뜨리는데, 어째서 그녀의 표정은 그들보다 더 밝을까. 그 비결이 궁금해 연속방송으로 그녀의 인생을 지켜보았다. 나도 단순히 주어진 행복만을 즐기는 사람을 넘어 그녀처럼 스스로 행복을 만드는 사람이 되고 싶은 마음이 들었다.

그녀는 방송을 찍는 내내 시종일관 웃었다. 집안일을 할 때도, 농사를 지을 때도 아이들에게 공부를 가르칠 때에도 웃었다. 그것도 엄청 크게. 그런 웃음이 사방으로 전파되었다. 시어머니도 그녀를 보며 복덩이가 들어왔다며 웃었고 무뚝뚝한 남편도 무지막지한 그녀의 애교엔 끝내 버티지 못하고 웃음 지었다. 아이들도 덩달아 웃었다.

그녀는 작은 일에도 웃었다. 그녀는 남편과 긴 이야기를 할 수 없어 수화를 배우고 싶어 했다. 그동안 그녀는 힘든 일이 있을 때 남편과 그 이야기를 나누고 싶은데도 그러지 못해서 속상했다고 했다. 그 사실을 알게 된 한 기관의 선생님이 그녀에게 수화 책을 한 권 건넸다. 책을 건네받은 그녀는 너무 감사하다며 환하게 웃었다. 연신 웃으며 인사해댔다.

그 순간 나도 저 책 하나에 저렇게 밝게 웃을 수 있는 사람일까 하는 생각이 들었다. 금은보화도 아니고 수화 과외를 해준 것도 아니었다. 단지 낡은 수화 책 한 권이었다. 그 책 한 권에 그녀는 남편과 소통할 수 있다는 희망을 가지고 행복해했다. 어쩌면 그 책은 그녀에게 단순한 책이 아니라 남편과의 소통창구였을 것이다.

그녀는 그 책을 가지고 온 그날 이후로 열심히 공부했다. 본인도 열심히 공부했지만 아이들에게도 아빠와 이야기할 수 있게 수화를 가르쳤다. 그러자 아이들은 흥미로워하면서 수화를 공부했고 단어 한두 개로 아빠랑 대화를 시작했다. 그녀의 노력으로, 오랜 시간 동안 가족 사이에서도 외롭게 홀로 서있던 남편 옆에 가족이 나란히 설 수 있게 되었다.

나는 줄곧 드라마 속 캔디형 주인공이 식상하다고 생각해왔다. 외롭고 슬프면 울고 힘들다고 외쳐야지, 외롭고 슬퍼도 울지 않다는 그 말이 비현실적이고 답답하다고 생각했다. 드라마 속 예쁜 그녀들은 아무리 혹독한 상황에서도 씩씩하게 버텨냈다. 그러다가 잘생긴 재벌 2세를 만나 티격태격하다가 결혼하곤 했다. 현실에는 전혀 볼 수 없는데 드라마에서만 흔하디 흔한 스토리였다.

하지만 마리, 그녀는 진정 현실 캔디였다. 그 아는 사람 하나 없는 시골에서, 유일하게 의지할 수 있는 단 한 사람인 남편과도 소통이 어려운 상황에서도 웃었다.

브라운관을 통해 살아있는 캔디를 만난 나는 조금 생각이 바뀌었다. 캔디는 자기만 울지 않은 게 아니구나. 주변을 울지 않게 만들었구나. 외롭고 슬퍼도 웃는 캔디 마리는 호탕한 웃음으로 주변 사람을 웃게 만들고 자신의 환경을 행복하게 바꾸어 나갔다. 웃는 그녀를 보며 가족들은 웃었고 마을 사람들도 웃었다. 사랑한다고 말하는 그녀에게 사랑은 다시 되돌아왔다. 그 모든 행복을 만들어 낸 사람은 바로 캔디 그녀였다.

나는 굉장히 짧은 시간 그녀를 보았을 뿐이다. 아마 그녀의 삶 중 아주 단편적인 부분만 보았을 것이다. 하지만 그 시간 동안 그녀가 삶을 대하는 자세를 목격했다. 자기에게 주어진 현실에 당당히 맞서면서도 그 현실을 자신에게 맞게 변화시켜 나가는 그런 모습이 멋있었다. 방법은 단순했다. 웃자. 사랑하자.

집주인 양반!
보는 눈은 있구만

본격
집주인
칭찬하기

또 시작이다! 집주인은 밤마다 노를 저어댄다. 정확하게 무슨 소린지는 알 수 없으나 노를 젓는 듯한 소리가 시도 때도 없이 들려온다. '쉬이익, 쉬이이이익' 어쩌면 부자들은 집 안에 배 한 척 정도는 두고 사는지도 모르겠다. 그래서 집에서 맨날 조정 연습을 하는 거지.

나는 집주인의 상가건물에 살고 있는 세입자이다. 세입자로서 층간소음이 생긴다고 집주인에게 항의할 수는 없는 노릇이다. 이것이 세입자의 비애란 말인가. 세입자의 슬픔은 이것뿐만이 아니다. 집주인은 계약할 때 건물 관리비가 있어야 한다고 매달 5만 원씩을 달라고 했다. 5만 원씩 꼬박꼬박 거르지 않고 내고는 있다.

하지만 집주인은 이 돈으로 과자를 사 먹는지 건물 관리하는 꼴을 못 봤다. 건물 바닥에는 먼지가 뒹굴고 있고 건물 복도 센서는 불도 나갔다. 밤에는 폰 후레쉬를 켜고 걸어야 했다. 내 오만 원. 이 건물에 사는 사람 오만 원씩 걷어서 나한테 주면 주말마다 건물 바닥 쓸고 물청소도 내가 다 할 거다. 열받아.

생각해보니 더 열받는다. 집주인은 우리에게 제일 구석 주차 자리를 내주었다. 건물에 구석탱이에 박혀있어 주차도 하기 어려운 그 곳. 하지만 긍정적으로 생각하고 싶었던 나는 '내 자리가 있는 게 어디야' 하면서 열심히 그 자리에 주차했었다. 그런데 몇 주가 지나고 내 차를 살펴보았는데 차는 얼룩말이 되어 있었다. 뽀얀 크림색 내 귀여운 왕눈이(내 차 애칭이다) 몸에 이게 무슨 일인가 싶었다. 잘 살펴보니 주차 자리 윗편 건물에서 보일러와 관련된 것으로 추정되는 오물이 내 차로 계속 떨어지고 있었던 것이었다. 얼룩은 지워지지도 않았다. 나는 오밤중에 세제를 들고 나와 내 차의 피부를 긁어대야 했다. 자기들은 아무것도 흐르지 않는 좋은 자리에 주차하고 말이다.

우리가 이사 오기 전까지 이 집은 정말 지저분했었다. 창고에 쌓인 온갖 물건에 기름때가 더덕더덕 붙은 부엌, 수납공간

안에서 풍겨나오는 시큼한 냄새들. 나는 그런 더러운 흔적들을 없애려 부단히 청소를 해댔다. '그럼 뭐해. 내 집도 아닌데.' 그런 생각이 든다.

그래서 가끔은 집주인에게 보복을 결심한다. 집을 나가기 전 2달 정도부터 절대 청소를 하지 않고 개기다가 이 집을 다시 원상복구 시켜놓는 상상. 혹은 새로운 세입자가 구경 오면 집 주인 앞에서는 빙긋 웃으며 '이 집 너무 좋아요'라고 말한 후 '이 집 주인이 시도 때도 없이 노를 저어대는데 미칩니다'라고 쪽지를 적어 놓고서 그의 손에 쥐어주는 상상. 그런 상상들을 해보며 혼자 정신승리해 본다.

이 집을 만난 건 작년 가을, 집을 구하러 다닐 때였다. 집을 보여주던 부동산 아저씨는 자신만만했었다. "아마 이 집 마음에 드실걸요." 정말이었다. 보자마자 마음에 쏙 들었다. 여기서 또 열받는 건 처음에 이 집을 전세로 내놓았으면서 우리가 마음에 든다고 하니까 집주인은 바로 월세로 바꾸고 싶다고 말을 바꿨다. 그래서 울며 겨자 먹기로 2천만 원을 전세금으로 더 올려주고서야 겨우 계약했다. 아쉬운 놈이 지는 법이다.

내가 정말 마음에 든 포인트는 거실 풍경이었다. 우리 집 건물 앞쪽에는 정말 작은 규모의 공원이 하나 있고 조금 멀리 떨어져 야산이 하나 있다. 그래서 이 집에 들어오면 그 공원 뷰가 쫙 펼쳐지고 그 너머 산까지 보인다. 이 집의 거실에는 자연 액자가 있는 셈이었다. 집주인은 열불나게 하지만 이 풍경 때문에 이 집을 사랑하는 것은 불가항력이었다.

이 아름다운 뷰는 계절마다 사람을 흔들어 놓았다. 봄이 되면 꽃들이 피어났다. 파릇파릇한 귀여운 풀들. 그 연두빛이 아이처럼 귀여웠다. 그러다 점점 짙어지는 여름 풍경. 그 푸르름에 냄새마저 상큼했다. 가을은 또 어떻고. 가을에는 집 앞 야산이 빨갛게 물들었다. 이 풍경을 볼 수 있음에 두근거렸다. 그러면 겨울은 좀 아쉬워야지. 하지만 겨울도 실망시키진 않는다. 모든 나무가 잎을 떨어뜨렸지만 집 앞 나무 하나만은 잎을 온전히 품고 있었다. 끝까지 푸르름을 놓지 않는 나무가 집 앞에 있다니. 이 정도면 다 가진 것 아닌가.

주말에 거실에 가만히 앉아 창밖을 바라본다. 그 풍경만으로 벅찰 때가 있었다. 그리고 꺄르르 웃는 사람들의 소리. 집 앞 작은 공원은 정말 규모가 작아 아주 소수의 사람만을 허락

한다. 시간대별로 몇 명의 사람들만이 이 공원에 드나든다. 아이를 데리고 와서 벤치에서 책을 읽는 엄마의 모습, 개와 즐거운 시간을 보내고 있는 견주들, 아침마다 작은 공원을 한 바퀴씩 도는 할머니와 할아버지. 소수의 사람만이 이 공원을 알고 이 풍경을 즐긴다. 평화로운 사람들을 바라보는 것만으로도 쏠쏠한 재미가 된다.

"거, 집주인 양반, 보는 눈 있구만."

이토록 아름다운 장소 앞에 건물을 지은 집주인의 안목만은 인정한다. 집 보는 눈이 탁월한 점만큼은 칭찬할 수밖에 없다. 젠장. 부럽다. 나도 이 건물 사버리고 싶다.

26화

간결한 언어가
가진 힘

**본격
<나의 아름다운 할머니>
칭찬하기**

남편과 나는 종종 '하나 마나한 소리'에 대한 이야기를 나눈다.

"자기야 그거 방금 그 말 하나 마나한 소리 아니야?"

내가 말하는 '하나 마나한 소리'란 아무런 정보가 없는 말이다. 예를 들면 '오늘 날씨가 좋을 수도 있고 나쁠 수도 있어.' 혹은 '오늘 늦게 올 수도 있고 아닐 수도 있어.' 이런 말들. 나는 이런 말을 들을 때면 조금 웃기다고 생각한다. 이거 당연한 말 아니야?

남편은 나랑 조금 다른 의견을 보였다. '오늘 날씨가 좋을 수도 있고 나쁠 수도 있어'란 말은 "일단 날씨에 대한 주목을 시키잖아. 그게 의미있는 거 아니야?" 내가 말하는 '하나 마나 한 소리'도 상대의 의도에 따라 의미가 있는 말일 수 있다는 이 야기였다. 나름 일리가 있다고 생각했다.

그래도 난 그것보다는 더 의미있는 말들을 하고 살고 싶다. 나의 언어가 상대방에게 의미있게 다가갔으면 좋겠다. 하지만 나의 서툰 말솜씨로는 마음이 온전하게 전달되지 않는다고 느 낄 때가 많았다. 뒤돌아서서 '아 그런 식으로 말하지 말걸.' 후 회하곤 한다.

그런 나에게 가르침을 준 책이 있다. 심윤경 작가님의 〈나 의 아름다운 할머니〉라는 작품이다. 작가님은 아이를 낳아 키 우면서 어렸을 적 할머니의 육아 방식을 떠올린다. 그런 기억들 을 기록한 글이다. 할머니는 거창한 육아 방법을 구사하진 않 는다. 다만 그만의 조용하고 지혜로운 방식으로 작가를 돌봐 왔다.

특히 할머니가 아이를 돌볼 때 구사하셨던 다섯 가지의 언 어가 인상적이다.

"그려", "안 뒤야", "뒤얐어", "몰러", "워쨔" 이 단어들이다.

"그려(그래)"와 "안 뒤야(안 돼)"는 가능한 것과 안 되는 것들을 구분하는 말이다. 이때 그려의 비율이 안 뒤야보다 높은 비중을 차지한다. 아이에게 긍정과 부정의 의사를 명확하게 표현해 주지만 아이가 해도 되는 행동의 허용치가 넓은 것이다.

"뒤얐어(됐어)"는 괜찮다는 의미이다. 아이가 깽판치더라도 할머니는 "됐어"로 마무리한다. 엄한 불호령은 없다. 아이가 사고치더라도 관용을 베푸는 말이다.

"몰러(몰라)"는 모르는 것을 모른다고 표현하는 것이다. 어른이 되고 나서는 모르는 것을 모른다고 표현하기 어렵다고 느꼈다. 아는 것을 쥐어짜서라도 말해야 한다고 생각했다. 하지만 할머니는 단순하게 모르는 것은 모른다고 말했다. 그러자 아이는 오히려 자기가 아는 것을 말하려고 더 신이 났다.

"워쪄"는 어떡해라는 말이다. 아이가 난처한 상황에 처했을 때 공감의 표현이다. 아이의 상황을 변화시켜줄 순 없지만 공감의 말로 아이를 이해하는 것이다.

할머니의 말들은 간결하고 단순하다. 하지만 아이에게 필요한 모든 것이 충족된다. 아이에게 되는 것과 안 되는 것을 명확하게 구분 지어주고 공감해주고 지적 호기심을 자극해준다.

딱 다섯 단어로 할머니의 사랑은 표현된다.

평소 난 유려한 말솜씨로 이야기하는 사람들이 부러웠었다. 엄청난 스토리텔링으로 신명나게 사람들을 사로잡는 인기 강사처럼 말하고 싶기도 했다. 또 좋은 사람들에게 마음을 언어로 표현하는 것은 늘 어려운 과제였다.

할머니의 말들은 그런 어려움을 느꼈던 나에게 큰 깨달음을 주었다. 어쩌면 마음을 표현하는 데 많은 말들이 필요하지 않을지도 모르겠다. 오히려 단순한 말들이 마음을 동하게 할 때가 있다. 간결한 말이라도 진심은 통하기 마련인가 보다.

근데 이 글마저 장황한 건 어떻게 해야 하지? '하나 마나 한 소리'가 될까 두렵다. 이만 줄여야겠다.

에필로그

미리 설레발치는 당선 소감
– 10회 브런치북 출판 프로젝트 당선 소감

이 글은 11월 29일 화요일 작성한 당선 소감이다. 그야말로 당선도 전에 설레발치는 소감이라고도 할 수 있겠다. 하지만 아무래도 마음이 추스러지지 않기 때문에 글을 써보려고 한다.

오늘 아침 나는 흥분 상태였다. 왜냐하면 주말에 한참 동안 머리를 싸매고 고민하다가 결제했던 항공권 메일을 못 찾았기 때문이다. 분명 결제했고 심지어 은행 계좌에서 돈도 빠져나갔는데 도대체 어느 메일로 항공권이 왔는지 생각이 안 나는 것이었다. 이 메일 저 메일을 뒤지던 차였다. '항공권을 못 찾으면 어쩌지. 항공사에 전화해야 되나. 귀찮아지는데' 이런 식으로 사고의 흐름이 전개되면서 가슴은 두근대고 있었다.

그런데 브런치 팀에서 온 메일을 발견하였다. 광고라고 생각하면서도 눌러는 보았다. 그런데 10회 브런치 출판 프로젝트 특별상 수상후보자라는 메일이었다. 내 심장은 튀어나갈 뻔했다. 사실 그 메일 주소는 진짜 몇 달만에 처음 들어가 본 메일이었다. 항공권만 아니었으면 절대 들어가 보지도 않을 메일이었다. 그런데 수상 후보자라니. 심지어 그와 관련된 답 메일을 당장 내일까지 보내라니. 물론 저는 당연히 보자마자 답을 보냈다. 오늘 항공권 사건만 아니었어도 그 메일을 찾지 못했을 것 같다. 심지어 수상 발표가 다 난 후에도 못 봤을 수도 있겠다. 생각만 해도 소름이 돋는다.

메일을 읽은 나의 심경의 변화는 흥분과 신남, 의심, 진정하기 순으로 흘러갔다. 처음에는 흥분으로 미쳐 날뛰었다. 뇌가 요동쳤다. 너무 신난 나는 남편한테는 비밀을 실토하고 말았다. 브런치 팀에서 비밀이라고 했지만 비밀을 누설하였다.

그러고는 의심이었다. '이럴 수가 있다고? 내 글이? 내 글을?' 솔직하게 말하면 이번 프로젝트에 제출한 브런치 글들은 1년

전에 써놓은 글들이었고 나는 올해 브런치에 글을 올리지 않았었다. 그동안 무심했던 건 사과하지만, 그 사이 난 용기를 많이 잃은 상태였다. 글은 쓴 지 오래되었고 작은 원동력이었던 라이킷은 점점 낮아지고 책을 낸다는 건 너무 머나먼 일이라고 생각했기 때문이다. 그래서 계속 의심하면서 메일을 50번은 읽어봤던 것 같다. 그리고 메일 속 '수상 후보자'라는 문구는 후보 군 중에 하나이고 수상은 못할지도 모른다는 생각을 하게 되었다.

그런 와중에 심장은 계속 너무 빠르게 뛰고 있었다. 이렇게 빠른 심박수로는 생존이 도저히 어렵다. 나는 스스로 마음을 추슬러야 했다. 물론 지금 글을 쓰고 있는 것도 '나 달래기 활동' 중 하나이다.

스스로 마음을 달래며 생각을 해보니 수상 여부와 상관없이 수상 후보작에 오른 것 자체가 나에게 너무 귀중한 일이라는 생각이 들었다. 글에 대한 자신감이 떨어져 다른 책에 대한 서평만 주로 쓰고 있던 시기였다. 그런데 누군가가, 심지어 출판사에서 내 글을 좋게 봐주었다는 것만으로도 의미 있다는 생각이 든다. 그리고 이 메일만으로도 앞으로 글을 더 열심히 쓰고 싶은 원동력이 되었다. 메일을 본 이후부터는 창작열이 불타올라 이런저런 소재를 머릿속으로 그려보곤 했었다. 나의 상상 주머니는 점점 부풀어 직장을 그만두는 상상까지 이어진다. 사실상 어렵겠지만 그 과정까지 너무 행복한 시간을 보냈다. 어쨌든 좋게 읽어주셔서 너무 감사하다.

사실 이번 브런치 프로젝트에 제출한 글은 코로나가 한창이던 시기 나 스스로에 대한 자괴감만 늘어갈 때 써 내려간 글들이다. '누군가는 자기만의 콘텐츠로 유튜브도 만들고, 누군가는 코인으로 돈을 불려가는데 도대체 내가 가진 콘텐츠는 무엇인가' 하는 생각에 빠져있었다. 나만의 콘텐츠로 뭔가를 하라는데 나만의 콘텐츠가 도대체 뭐란 말인가. 속상하기만 했다. 그러다가 남들만 부러워하고 있는 날 발견했고 그거라도 써보자는 생각이 들었다. 내가 부러워하고 있는 그들이 가진 것들에 대해 생각해보고 글을 써 내려갔다.

쓰다 보니 주변 사람들에 대한 이야기가 많아졌다. 그런데 그들이 가진 것들을 찬찬히 생각해보니 공통점이 있었다. 다정함이었다. 그들은 다정한 마음으로 나에게 말 걸어줬고 따뜻하게 조언해줬고 때론 채찍질도 하고 나를 한 걸음 더 나아가게 했다.

아직도 사람들의 따뜻하고 다정한 마음을 배워가고 있는 중이다. 꾸준히 익혀나가 앞으로도 '다정함'을 잃지 않는 글을 써내려가고 싶다.